日本的诗歌

——其骨骼和肌肤

RIBENDE SHIGE

大冈信 / 著

尤海燕 / 译

安徽大学出版社

图书在版编目(CIP)数据

日本的诗歌——其骨骼和肌肤 /(日)大冈信著;尤海燕译.
—合肥:安徽大学出版社,2010.3

ISBN 978-7-81110-742-5

Ⅰ.日... Ⅱ.①大...②尤... Ⅲ.诗歌—文学研究 Ⅳ.I313.72

中国版本图书馆 CIP 数据核字(2010)第 033024 号

本书由日本三得利文化财团海外出版基金资助出版

日本的诗歌——其骨骼和肌肤

大冈信 著
尤海燕 译

出版发行	安徽大学出版社(合肥市肥西路 3 号 邮编 230039)
联系电话	编辑部 0551-5108348 发行部 0551-5107784
电子信箱	ahdxchps@mail.hf.ah.cn
网　　址	www.ahupress.com.cn
书　　号	ISBN 978-7-81110-742-5
经　　销	全国新华书店
印　　刷	合肥中德印刷培训中心印刷厂
开　　本	880×1230 1/32
印　　张	5.75
字　　数	120 千
责任编辑	谈 菁
封面设计	孟献辉
定　　价	15.00 元
版　　次	2010 年 3 月第 1 版
印　　次	2010 年 3 月第 1 次印刷

如有影响阅读的印装质量问题,请与出版社发行部联系调换

Contents

目录

译者序

大冈信所著《日本的诗歌——其骨骼和肌肤》(以下简称《日本的诗歌》),是译者在日本留学期间发现的。此书行文明晰简洁,通俗易懂又不失品位,既有学术深度,又有艺术趣味,所以读来兴味盎然,收获良多。在阅读此书时所得到的淋漓酣畅的快感,使得译者产生了一种把它译成母语、介绍给祖国读者的冲动。经过4年的多方努力,当年的冲动今天终于变成了现实。

《日本的诗歌》在日本先于1995年由讲谈社出版了单行本,又于2005年由岩波书店推出了文库本,很受日本读者的欢迎。作者大冈信先生是现代日本代表诗人兼评论家,出版诗集及学术著作、评论、翻译作品等300

余部，曾获得法国艺术勋章、日本文化勋章、日本艺术院赏等许多著名的文化艺术奖项。但是在中国，大冈信除了1部诗集和1部著作曾被翻译出版（两者均已绝版）以外，还远未为人所熟知。在国内无法读到这位现代艺术巨匠的著作，不仅是中国读者的损失，更是国际文化交流上的一大憾事。

《日本的诗歌》是大冈信先生于1994年和1995年在法国巴黎的法兰西学院（Collège de France）开设的连续讲座内容的讲稿，是对日本古典文艺美学理论的高度概括，同时也是一部日本古典诗歌史。在书中，作者首先介绍了9世纪后半期的汉诗人菅原道真，重新评价了汉诗对社会及政治方面的影响。然后论及10世纪初编纂的《古今和歌集》最重要的编者——纪贯之，分析了由他所提倡的、以调和为和歌根本原理的诗学。其后，作者更进一步讲到奈良和平安时代的女性歌人们在日本诗歌中占有特别地位的写景和歌，以及中世（镰仓和室町时代）的歌谣。此书表现了作者的深厚学养和细腻感情，另一方面，诗人的感性和知性又最大限度地焕发了诗歌的魅力和艺术性。此书虽是在讲述日本的诗歌，但处处可见与全世界诗歌相通的主题，形成了贯穿全书的思想文化源流，因此能够在很大程度上唤起异国读者的共鸣和认同。从这个意义上来说,《日本的诗歌》可谓是标志着大冈信近年来学术和艺术高度的代表作。

《日本的诗歌》原本是以法国的听众和读者为对象写作的,文章明晰晓畅,行文亲切自然,把感觉上离欧洲很远的日本古典诗学解释得明白易懂。它将学术著作的准确精辟和教养读物的通俗有趣有机地融为一体,再佐以充满诗意的典雅语言,让读者能在轻松阅读中了解日本古典诗歌的特色,感受到日本古典诗歌的美。

因此,无论是在内容上还是在文章表现上,《日本的诗歌》都具有广泛的兼容性。特别是它被译成中文后,可以满足从日本文学的研究人员、日语专业学生,到社会一般读者、文学爱好者等不同层次和群体的阅读需求。尤其对于那些对日本古典诗歌怀有兴趣的读者来说,本书可以说是充满趣味和启示的最佳入门书。即使是对日本文学一无所知的读者,只要有一颗去积极感受美、发现美的心,就可以从中获得美的享受和感动。

诗歌之感动人心,古今东西未曾有变,更何况一衣带水、在历史文化上有着千丝万缕联系的中日之间,对于诗歌的美应该有着更多共通的感受和理解。译者真诚地希望通过翻译出版《日本的诗歌》,使中日两国的读者能够共有这些感动,更加深入地理解彼此的文化心理和精神传统,从而从根本上促进两国之间的和平友好与共同繁荣。

本书根据岩波现代文库本《日本の詩歌—その骨組みと素肌》(岩波书店,2005年)译出,并适当添加了译者注(本书所有注释均为译者注)。

本书能够得以顺利出版,离不开各方面的大力支持和帮助。首先要特别感谢的是北京语言大学的方立教授,如果没有他的热心推介和联系,本书的出版计划恐怕要被长期搁置。在资金方面,得到了2008年度日本三得利文化财团海外出版基金和2008年度青岛大学青年学术项目基金的资助。此外,在本书申请三得利财团资助时,承蒙北京日本学研究中心张龙妹教授推荐,特此表示衷心的感谢。最后,在本书申请资助和出版过程中,安徽大学出版社一直给予了大力支持和协助,在此一并致以谢意。

尤海燕

2010年2月

第一章　菅原道真　身为诗人的政治家以及日本的诗(和歌)和汉诗之间的深渊

一

在论述古代日本诗歌的时候,有一个最为重要但又时常被人们淡忘的人物。我的五个讲座,正是准备由他开始讲起。这个人就是日本古代最伟大的文人政治家菅原道真。作为杰出的诗人、无出其右的学者,他在登上最高官位后又戏剧性地遭到陷害,以流放之身在贬谪地失意而死。

但是,在讲述道真之前,我想就他是在怎样的社会、文化环境中诞生的这个问题,开始我的讲座。

从8世纪末到12世纪初的400年间是日本

文明从中国文明的巨大影响中相对独立出来，开始有意识地创造日本独有的文明和文化的时代，史称“平安时代”。特别是前半部分的大约 2 个世纪左右，就是从全日本的历史来看，也算得上是文学成就最为卓著的时代。诗歌方面有菅原道真、纪贯之、和泉式部(女性)，散文方面有紫式部、清少纳言(二者均为女性)等人，他们在 200 年间创作出了无比灿烂的作品。

特别重要的是，这是一个由和泉式部、紫式部、清少纳言和其他女性们共同创造出的文学的黄金时代。她们都生活在 10 世纪末到 11 世纪初，在同一个时代里一起登上了历史的舞台。作为在宫廷里侍奉的女官，作为友人，也作为强有力的竞争对手，她们生活着，写作着。但是她们自己都从未认识到自己业绩的伟大，大都晚景凄凉，最后在孤独中默默地死去。

可是，她们的作品就是在她们逝后近千年的今天，也依然，不，应该是拥有越来越多的爱好者和崇拜者，甚至被译成包括法语在内的世界其他许多国家的语言，为全世界的人们所喜爱，只是，在日本能够流畅地阅读她们作品原著的读者非常少，人们都是通过几种现代日语译文来了解《源氏物语》和《枕草子》，并且在合适的解说书的帮助下，得以与《和泉

式部集》和《和泉式部日记》亲近。

之所以这么说，也是因为在日本，以 19 世纪后半期的明治维新，即日本的门户开放、西欧化和近代化时期为分界线，书面语言发生了巨大变化的缘故。现代的日本人，如果没有经过一定程度的系统性训练，是很难读懂古典作品的。

但是即便如此，仅就《源氏物语》来说，现在不但出现了由当代作家执笔的好几种现代文翻译版本，还以绘本、漫画和电视剧等多种形式博得了极高的人气。但不可否认，这些对古典作品多种多样的继承经常会脱离原著。我甚至不由地想到，如果原作者能够复活，看到自己的作品被改编、被重新诠释之后的模样，肯定不会承认这就是当初自己所写的作品吧。

这些天才的女性作家们，在某一个时期，即从 10 世纪末到 11 世纪前半期集中出现的原因，有以下几个方面：第一，她们都无一例外地出生于博学多识的中流贵族家庭，从幼年时期起就被父亲施以了良好的教育。第二，她们都无一例外是天皇妃子——光是位高权重的妃子，一个天皇的后宫里就有数人——身边侍奉的女官，在宫廷社会的中枢经营着日常生活。因此，她们得以有特别的机会接触到众多的男性贵族，拥有关于他们的丰富知识。有时甚至还能像和泉式部那样，因为自己和皇族或贵族的恋爱而名声远扬。

像紫式部和清少纳言那样的散文作家，她们所写的小说或随笔，不仅在共事的女官当中评价很高，就是天皇的妃子们对之

也充满了好奇和期待，争相一睹为快。理所当然，男性们也对她们的作品抱有高度的敬意。这样，她们之间就形成了势均力敌的竞争关系，从而越发促使宫廷里展开激烈的文学竞争。结果就是，紫式部创作出了《源氏物语》，清少纳言创作出了《枕草子》。而这两位作者完全没有料到，她们的作品能在当今成为人类共同的经典而享有很高的礼遇。

还有，和泉式部这位爱情诗人留下了许多真正的天才作品。她用短短的和歌，创作出了让同时代的男女诗人都望尘莫及、充满了深切哀愁和哲学化人性观察的作品。

在研究她们的文学成就时，有一个绝对不能忽视的重要条件。

那就是，当时日本的知识阶层在撰写文章时所使用的文字问题。

当时，在宫廷里当差的男性官员，即知识阶层的代表者，在

写作各种文书时理所当然地使用从中国传来的汉字，文体也采用与他们平常所说语言不同的中国式文章（即汉文）。于是，能否写得一手漂亮的汉文，是考查官僚是否有才能、是否优秀的关键。他们当中最优秀的写作能手，必须通晓法律、经济、外交、内政和历史，并且令人惊异的是，还必须通晓文学，能作汉诗。菅原道真就是这样一位罕见的天才。他是比刚才讲过的女性们早1个世纪出现的杰出官僚，不仅如此，他本身还是一位极其出色的诗人。

我们已经讲过，男性曾使用中国文字，撰写中国式文章和创作诗歌。为了使听众们容易理解，我们在这里考察一下法语的情况。就是在法国，几乎和日本同时，也出现了一个经过拉丁语、罗马语之后形成法语的过程。最早期的法语作品是妇孺皆知的“武勋诗”（Chanson de geste），它出现的时间是11世纪后半期，即和紫式部的《源氏物语》诞生于同一个世纪，而比它年代稍晚。

那之前，拉丁语无需赘言是由知识阶层使用的、政府公认的语言和文字。就像在日本的汉字和汉文一样。

然而，日本的情况比较特别。那就是，从拉丁语中派生出法语的同样过程，在日语内部发生了。就是说，从男性使用的文字中派生出了女性使用的文字，从汉字里诞生了假名文字，并且这是两种不同的假名，我们把它们分别叫做“平假名”(hiragana)和“片假名”(katakana)。

平假名是将与它发音相同的汉字形态极度简化后得出的文字记号，片假名则是取与之发音相同的汉字，将其中的偏旁部首独立出来所形成的文字记号①。

汉字原本是以一个字表示一个发音的。有时一个字(或音)会表示丰富多样的意义。但是，就像刚才说明的那样，平假名和片假名，仅凭一个字不能表示任何意思，而只是纯粹地表示一个音节而已。也就是说，假名文字是与西洋字母相似的表音文字。

这种假名文字的发明，我认为就是在全世界的发明历史中，也是能数得上的一种发明。平假名、片假名都是在平安时代初期，即9世纪初叶被发明出来并开始普及的。

---

① 比如平假名“あ”是由汉字“安”的草书变来的，“い”是由“以”、“う”是由“宇”、“え”是由“衣”、“お”是由“於”的草书变来的。片假名“ア”是由“阿”、“イ”是由“伊”、“ウ”是由“宇”、“エ”是由“江”、“オ”是由“於”的偏旁变来的。

另外，特别值得一提的是，平假名因为具有曲线美，所以成为女性爱用的文字。因此，平假名又名“女手”，即“女子写的字”、“女性的笔迹”等意。与汉字相比，这些在机能上相形见绌的笔记符号，不久就显示出了它们的新性能。因为它们开始证明自己在记录日语口语方面，比写文章用的汉字拥有明显的优势。

因为日本诗歌（和歌）原来是口头朗诵的一种形式，所以平假名的发明在记录和歌上发挥了极大的作用。因为这样就可以忠实地记录下人们吟诵的和歌了。并且，在表现爱情上，和歌也是不可或缺的手段。甚至可以说，男女之间如果不通过和歌就不可能进行恋爱。因此，男性也不得不学会熟练地使用这种假名文字了。

就这样，平假名以及同为表音文字的、在男性世界里倍受重视的片假名一起，成为日本人不可缺少的文字。随着假名文字的普及和发展，平安时代的文学也迎来了她的黄金时期。在和歌方面，《古今和歌集》的编纂是 10 世纪初的一件大事；在散文方面，《荣花物语》等也在 11 世纪相继问世。《源氏物语》和《枕草子》的作者都是女性。而且，作为历史物语开山之作的《荣花物语》，虽然尚不能确定作者，但可能性最大的，也是一位才能出众的女官——赤染卫门。

在古今和歌名作集《古今和歌集》中，占主要地位的几乎都是男性。但是，这更加说明了女性文化的影响渗透之深广。

综上所述，假名文字的发明和女性在文学上的跃进，是平安时代的一大特征。

二

在我刚刚讲过的女性文化的黄金时代，以及其文化的强大推手——假名文字的普及时代之前，是中国文化还在日本宫廷和贵族社会占有统治地位的平安朝初期。道真就是生活在这个时期的代表性诗人、精通儒家及佛教经典的最高学者，也是一名引人瞩目的政治家，他从年轻有为的外交家开始，一步步登上了政府的最高官位——右大臣。

我们称他为“诗人”，并不是意味着他是和歌作者，即用日本人的固有语言写作“和歌”的诗人，而是意味着他是使用中国的文字(即汉字)，忠实地遵循中国诗的形式写作“汉诗”的诗人。当然道真也写过和歌。但是在现存的传说是他创作的和歌当中,究竟有多少真正是他自己的作品,现在还说不清楚。其政治上的没落及其悲惨地离世,以及死后名声奇迹般地恢复,都使得一些原本并非他作品的伪作层出不穷。道真说到底就是日本最有代表性的汉诗人。而且,实在非常幸运的是,他的汉诗几乎原样地保留了下来。所以今天的我们可以通过活字体的普及版,参照极其精细的注释来进行阅读和欣赏。

在距离京都路途遥远的西部边境——九州的太宰府,以流放者的罪人身份,59 岁辞世的菅原道真,到底是什么样的人物呢？我想先简略地回顾一下他的生平。

菅原道真生于公元 845 年,死于 903 年。他的家族是祖父、父亲和他三代均为大儒的儒学大家。他的孙子菅原文时也是著名的汉诗人。

据传道真 11 岁时所作的汉诗,曾让其父是善大吃一惊①。他的这种才能得到了赏识,不久就作为年轻的外交官,被委以在京都接待当时与日本交流频繁的渤海国大使的重任。就连渤海国的大使也十分赞

① 《菅家文草》第一《月夜见梅花》:"月耀如晴雪,梅花似照星。可怜金镜转,庭上玉房馨。"

赏他的诗才。渤海是7世纪末到10世纪在中国东北部兴起的国家,其文化完全模仿唐朝,其大使也是诗人,所以很快就为道真的才能所折服。

道真早在32岁就成了文学博士(日本名为"文章博士")[①],作为前途无量的学者官僚,他全心享受着宫廷的生活。但是另一方面,他被人当作羡慕和嫉妒的对象,也是必然的。即便如此,人们也都认为他肯定会在都城官运亨通、步步高升。可就是这样一位优秀的官员,居然在41岁时,被一个突如其来的调令派到距离都城遥远的四国岛上的赞岐国去任知事,在那荒凉偏僻的海边度过了失意的4年。

不过,这件事促进了他的成长。他到了四国才第一次接触到平民的生活,知道了百姓在贫苦中苦苦挣扎的现实。这些生活上的经验,给他的诗歌创作带来了意义巨大的转变。在他的诗作中,从前宫廷环境里永远不会遇到的主题不断出现,同时,我们也可以从中清楚地看到他对官僚社会的腐败逐渐觉醒的过程。

从赞岐回到京都的道真,在解决一个政治上的棘手问题中

① 在日本古代大学寮教授诗文和历史的教官。

发挥了关键性的作用①,由此得到了宇多天皇的信任。从某种意义上来说,和宇多天皇的相遇,是改变其命运的重大事件。

当时在政界一手遮天的是藤原氏家族。天皇基本上都是和有势力的藤原氏家系的女子结婚,从而被外戚所控制,成为傀儡。

但是,道真所事奉的宇多天皇,志在压制藤原氏的强大势力,重建政治格局,所以就提拔道真,加以重用。于是道真在政界得到了平步青云的高升。当然,藤原氏对他的警戒之心也越发强烈,同僚的嫉妒和不合作也发展到极端。不仅如此,道真的一个女儿还成为宇多天皇的一名妃子,另一个女儿则是皇子斋世亲王的妃子。就这样,他一边对日益增多的敌人感到极度不安,一边登上了位极人臣的右大臣之席。

---

① 即史上有名的"阿衡争议"。宇多天皇即位之初诏任藤原基经为关白,诏曰"以卿任阿衡之任为宜",基经以"阿衡"为徒有虚名之职放弃所有职务,致使朝政混乱达一年之久。翌年还出现弹劾起草诏书的文章博士橘广相之举。道真见事态严重,便自赞岐上京,致书基经(《奉昭宣公书》),遂平息此事。参考《日本古典文学大辞典》(人民文学出版社,2005年)"菅原道真"项。

和他平起平坐的，只有出身于藤原氏中最有力之家系的左大臣藤原时平一人。时平比道真年轻26岁，被天皇任命为左大臣之时，也仅有28岁。而同时被任命为右大臣的道真，已经54岁了。从这里也可以看出，当时藤原氏在政界的势力是多么的强大。

换句话说，这也意味着道真是多么的孤立无援。本来，他只是依靠着宇多天皇一人的信赖和庇护，才能得以和强大的藤原氏一族对抗，从而保持了作为政界重要人物的尊严和权威。所以他的命运，简直就像风中的蜡烛一样岌岌可危。说起来，并非出身于政治世家，而是出身于并不富裕的学者家庭却攀上了政界最高位置的人物，只有大约1个半世纪前的吉备真备了。

另一方面，宇多天皇出于帝王的随意任性，并没有将对菅原道真的后援坚持到底，自己中途就从政治舞台上退了下来。他把皇位让给了长子，自己当了太上皇，隐身在天皇背后操纵政治。新天皇醍醐天皇，是个即位时仅有12岁的少年。就是他的父亲宇多天皇，当时也只有30岁。宇多天皇直到64岁去世，在整整34年的时间里，都在享受着退位天皇的风雅生活。平安时代的文化之花盛开，也正是在这个时代。实际上，宇多、醍醐两代天皇的时代，正是史称“宽平、延喜时代”的日本古典文化的高峰期。之所以这么说，正是因为我们的主人公菅原道真和《古今和歌集》，分别将汉诗与和歌这两种诗歌形式的最具代表性的成果，在这个时代相继展示出来的缘故。

少年天皇醍醐最初对父亲宇多太上皇唯命是从，非常重用道真，对道真的汉诗也抱有极大的敬意。道真和藤原氏年轻的头领藤原时平同时被任命为右大臣和左大臣，是醍醐天皇即位两年后的事情。也就是说，在这个时期，宇多天皇的远距离操纵还能顺利地发挥作用。道真自身虽然遇到了很多困难，但还是尽到了作为政界领袖的重大责任。

然而，正是这种努力和尽责，却一步步地将道真拉向了毁灭的深渊。他在政界的重要性越大，对藤原氏的威胁就越大。以时平为首的藤原氏的有力家系，以及对道真抱有反感的学者们都想要陷害他，必欲除之而后快。他们向醍醐天皇告密说他要谋反。他们捏造事实，说道真将要逼迫醍醐天皇退位，把自己的女婿、天皇的弟弟斋世亲王立为新天皇。

我们不难想象，对于只有16岁的天皇来说，这个在他耳边悄声告发的阴谋是多么地具有冲击性。于是道真转眼间就被褫夺了右大臣的官职，贬为不值一提的太宰权帅，即刻被赶出都城。太宰权帅就是太宰府的副官，多数时候都是中央政府的高官被贬后所任的名义上的职位，道真那时也正是如此。说起太宰府的位置，它位于日本列岛西端、九州的北部，是为了和位于亚洲大陆的中国和朝鲜对峙而设置的军事防卫据点，是中央政府的前沿哨卡。

道真在这个西部边境的都市里度过了两年的幽禁生活，就在此地郁郁而终了。他在这儿所写的诗，都是哀切地诉说他被无端诬陷后的心酸和悲痛，是字字血泪的恸哭。通过这些诗，诗人菅原道真真正成了一位伟大的诗人。

在他被流放之际，全家都被硬生生地分开了。妻子和大女儿留在了京都的家里，长子去了土佐，次子去了骏河，三儿子去了飞骅，四儿子去了播磨，儿子们都被流放到了彼此相隔遥远的地方。道真自己则拉扯着幼小的儿子和女儿，踏上了去往西国的惨淡路途。这样，一家人就此四分五裂，分别在六个地方悲惨地生活着。年幼的两个孩子，大概在九州很快就因为营养不良而死去了。道真自己身体也不好，再加上愤怒和绝望，很快就衰弱下去，最终魂断异乡。

可是,事情并没有因为道真的死而终止。传说他的灵魂在他死后很长的时间里,化作了冤鬼,去向陷害他的人索命。在策划阴谋中发挥了最大作用的人物藤原时平,年仅 38 岁就暴毙,人们都相信那是道真的冤魂报仇的结果。之后,宫中最重要的建筑物清凉殿遭到雷击,暗中参与陷害道真活动的大臣们都被击伤。终于,醍醐天皇死后,世间甚至传出了天皇坠入地狱的流言。人们都深信不疑,说道真变成了天上的雷神,开始复仇了。因此,出于镇魂的目的,在道真去世 20 年后,他终于得以陈冤昭雪、官复原职了。又在近 1 个世纪之后,他开始被当作神灵来祭祀。现在,他已成为"天神爷",在日本各地受到虔诚的供奉。因为他是空前绝后的伟大学者,所以对于众多考大学和高中的考生们来说,他就是保佑考试合格的神。即使是现在,全国各地祭祀天神的神社一到考试的季节,就会因为考生和家长们络绎不绝的祭祀而变得热闹非凡。

在相当长的一段时间里,他一般被认为是一个超乎寻常的学者和智者。而他原本是一位极其优秀的诗人这件事,却被大多数日本人忘却了。原因就是,他的作品是除去一小部分人之外,一般人几乎都没法读懂的、用"汉文"所写成的"汉诗"。

与此相对，比他晚一辈的纪贯之等新生代的诗人们，开始使用假名文字，用日本口语写作“和歌”。他们之间虽然只有30年的差距，但是由于这种文字上的戏剧性变化，以纪贯之为中心编纂的敕撰和歌集《古今和歌集》，在那之后近10个世纪的漫长岁月里，被奉为日本诗歌史上最重要的诗歌集。而菅原道真的名字，则是作为“悲剧性的学者、政治家”，以及“天神爷”这样一位

死后才得名的神而为人们所知。歌舞伎中有和他有关的曲目，尽管以《菅原传授手习鉴》为代表的“菅原剧”有着极其丰富多彩的系列作品，但是他作为诗人的真正价值，却在很长的时间里没有被人们所认识。这不仅是遗憾，甚至可以说是毫无道理。我在数年前出版了一本名为《诗人·菅原道真》的书，极力主张他作为诗人的伟大，也是出于这个原因。

我在这个讲座里，也准备讲讲纪贯之和以《古今和歌集》为代表的敕撰和歌集的美学思想，应该说，在汉诗和和歌之间，有着本质的区别。

无论是在遣词还是在用字上，道真都尽可能地使用由中国传来的表现手法，创作与中国诗构成要素相同的诗。他成功地

做到了这一点。他的诗在内容和表现方法上都具有普遍性,就算让李白、杜甫和白居易等中国唐代的大诗人们读了,他们也都会微笑着点头称许的。

也就是说,道真的诗,特别是赞岐时代的诗和九州太宰府流放时代的诗,在表现喜怒哀乐方面,经常采用将具体原因和结果明确化的写法。作为写作主体的诗人自身的立场十分明确,因而对于社会现实的反映也得以明确地表现出来,包括官僚社会内部的行贿受贿及其他不正当行为;在学者社会的嫉妒和羡慕中依然故我的坚持;或者是国家盛典中各种华丽的仪式,特别是美丽优雅的舞女们那动人心魄的舞姿和娇柔稚嫩的动作举止;又或者是对于百姓的贫困和病苦的详细描写;还有他自己生活中的各种场面,他的孤独,以及哀悼幼子之死的极其感人的诗。我们通过读道真的诗,可以详细地追寻到这位生活在千年以前的大学者诗人的日常生活的实际情况,以及他精神状态的巨大变化。

这就是在中国诗的方法中,诗原本应有的样子。即,把对社会的自我意识和主张看作当然责任的诗,也是主体和客体之间的区别及对比从

一开始就明确存在着的诗。

但是，日本的和歌与其相比，在很多地方都存在着令人惊异的不同。首先就是和歌极其短小的形式。和歌最基本的形式，就是由5个部分构成的仅有31个音节的“短歌”。到了16世纪之后，更为短小的，仅有17个音节的“俳句”加入了和歌的行列。这两种诗歌形式，到今天依然非常流行。

短小，就意味着和歌的形式必然地会在论述具体事物时极其困难。和歌的表达，由暗示和极其少量的信息所构成。在和歌中存在着的，往往不是对于具体事物和事件的详细描写，而是作者遇到某事物或经历某事件时心情的简洁表达。对于具体事实的言及，只是停留在心情的表达所必要的范围内。如果超过限度进行详细的描写，除非是手法特别巧妙的作者的作品，否则就会被扣上“低俗”、“散文化”的帽子而遭到排斥。

通过这样的事实我们可以明白，在和歌中，对于主体进行自我主张、具体描写社会和环境实况的作品，即便是有，也是极其罕见的。许多诗句甚至连主语被省略都是很常见的。所以在和歌里，主体和客体往往不是表现为“对比”，而是表现为一种"融合"。

在现代,围绕着一个主题连续吟咏 10 首甚至 20 首短歌,已经成为非常普遍的事情。这种称做"连作"的咏歌方法,是对于刚才讲过的和歌本质上沉默性的一种修正。这样的话,就可以具体地描写和论述事实,并且可以加上自己的判断。但是这种方法被发明出来,其本身就说明了这样一个事实:和歌,仅从一首来看,只能进行极少的具体描写;而正是通过对那些微妙细腻的感情颤动的迅速捕捉,和歌才得以成立。

打破和歌这种局限性的另一种方法,就是由很多诗人一首接一首地将短句呈连锁状地连在一起,共同制作一篇长和歌,这被称作"连歌"、"连句",或是"连诗"。它最近在欧洲也开始作为一种共同制作诗歌的新类型受到关注,也是为了突破一首和歌只能表达少量内容的局限性而产生的一种新的方法。

总而言之,汉诗以作者的"自我主张"作为当然的条件,而和歌可以说是把作者的"自我消除"视为理所当然。可是,诗人要通过"自我消除"追求什么呢?诗人用它代替"自我主张",自己融入到围绕着他的自然环境当中,从而超越"自我",实现与"自然"的一体化。并且,在我这个讲座里要讲的古典和歌的世界中，诗人们所属的社会本身，被极其稳固的秩序所统治，美的意识和审美趣味都必须建立在社会共同的基础上。因此，实现“个体”的自我主张，当然是一件非常困难的事情。

持续了400年的平安时代，以一言蔽之，就是由藤原氏一大家族支配的时代。其他的家族自不必说，就在藤原氏一门中，也不可能轻易允许有出格的行动和表现，从这个意义上来说，平安时代就是这样一个“同质社会”。这也是在诗歌表现上缺乏自我主张的重要原因。

但是，如果分别从男性诗人和女性诗人的角度来考虑这个问题的话，就会发现一个很有趣的现象。至少限于在诗歌表现上，女性诗人比男性诗人更加主动而有力地冲破同质美学的藩篱。那是因为，比起男性，女性较少受到来自社会各方面的束缚，因此她们也不必特别在意世俗的面子和地位等的约束。并且，她们最关心的事情，仅限于恋爱、结婚以及随之发生的自己生活上的巨大变化等非常私人的范畴，所以她们能够在如和歌这般短小的诗歌之中，表现出更加纯粹的喜怒哀乐和深切的孤独感。即，只要是把观察的重点放在感情世界的表现上,我们就可以发现,在和歌中,女性是比男性更加有力的表现者。

关于这个问题,我会重新再举出几个一流的女性诗人来论述。在此我想首先强调的是,日本的诗歌,也就是和歌方面,女性所发挥的作用极其巨大,就是出于这样一个原因。如果将女性作者从和歌的历史中排除出去再讲和歌史的话,就像介绍没有心脏的人体一样。

这种现象,在中国的诗歌历史上和欧洲文明诸国的诗歌历史上,几乎都不会见到。可以说,日本诗歌传统的一大特征就在于此。

三

以下,我想简单地介绍一下菅原道真的作品。如果通过这个介绍,大家能够对日本诗歌在 1000 多年前就达到的高度稍有了解的话,那我将会感到无比的欣慰。

说实话,就是日本的读者,也很少有人知道菅原道真都写了一些什么样的诗。道真只是作为可怕的复仇灵魂,或者考生们的护佑神而天下闻名，对此我感到非常遗憾。

我首先要举出的是道真赠给他的挚友及学问上的弟子纪长谷雄的诗。这首诗前面附有短序，痛骂他们周围学者们的无耻堕落。它的大意是这样的：

看看最近学者们的行径吧：虽然在公开场合或是在内部集会上慷慨激昂地辩论，但是他们关于学问根本意义的想法都无凭无据，所以他们所说的话听起来愚蠢至极。至于其他的家伙们，更是一味地沉溺于酒色，尽显狂态，极尽互相辱骂、陷害对方之能事。因此作此诗，劝君吟咏[①]。

这样，他将如下的一首诗赠给了纪长谷雄。

风情断织壁池波
更怪通儒四面多
问事人嫌心转石
论经世贵口悬河
应醒月下徒沉醉
拟噤花前独放歌
他日不愁诗兴少
甚深王泽复如何

学问的世界里风波频生，就是坚强的意志也变得脆弱不堪

① 题目是《〈劝咏诗·寄纪秀才〉诗序》："元庆以来，有识之士，或公或私，争好议论，立义不坚，谓之痴钝。其外只醉舞狂歌，骂辱凌轹而已。故制此篇，寄而劝之。"

而且不知为何，周围四处充斥着所谓的大学者

一旦发生了什么事情，这些家伙心中就像不停翻滚的石头一样变来变去

若说到论经据典，世间的俗人们都看重口若悬河、滔滔不绝的人

快快从月下徒然的沉醉中醒过来吧

快快停止在花前独自放歌吧

不必担心你将来会诗兴枯竭

因为天子的恩惠无比深广

这首诗的最后一联，使人想起道真自身就是一位优秀的官僚。他激励纪长谷雄，只要专心于学问，显示出特别的诗才，就会得到天皇的恩宠。

道真在这首诗中所写的内容，是绝对不能以和歌那种抒情诗的形式来表现的。这首诗里所有的，是对恶俗的学者们的严厉批评。另外，还有将自己和他们严格区别开来，主张自己的明确意志。既然采用汉诗这种形式，当然就要写这种内容，并且，要想表现

这种内容，也非汉诗不可。以和歌的短小诗型，这基本上是不可能的。

下面，我们来看一看道真截然不同的另一个方面。他曾吟咏早春时节在宫中举行的盛大宴会上翩翩起舞的舞女们那柔弱妖艳的美丽和媚态。

纨质何为不胜衣
谩言春色满腰围
残妆自懒开珠匣
寸步还愁出粉闱
娇眼曾波风欲乱
舞身回雪霁犹飞
花间日暮笙歌断
遥望微云洞里归

舞女们白绢一样的肌肤为何看起来像是不堪衣服的重量呢
她们妄言："因为我腰的周围都堆满了春色"
脸上带着残妆，连装珠宝的匣子都懒得打开
哪怕是半步，也不愿走出闺房
饱含娇羞的双目，宛如被风吹皱烟波连绵的春水
轻盈的舞步，就像晴天里的飞雪片片
日落花间，笙箫音绝
舞女们远眺薄云，回到她们深闺之中

从这首诗里我们可以看到，踌躇满志的少壮派官僚菅原道

真正在惬意地享受着宫廷生活的美和颓废。

可是,在这样繁华奢侈的宫廷生活之后,他就不得不作为赞岐国的知事,在地方上生活了4年。本来已经畅通无阻的仕途上突然阴云密布,他的失落可想而知。他在许多诗中诉说了忧愁和孤独。但是,他的诗并不仅限于此。他有生以来第一次接触到百姓们充满苦难的生活,并将自己的所见所闻写进了诗中。这段经历,为曾经一味吟咏学问的喜悦和苦恼、宫廷生活的颓废和美的诗人提供了崭新的现实主义素材。

在这些诗作中,代表性的是题为《寒早十首》的连作。之所以用"寒早"做诗题,是因为这10首诗都是以"何人寒气早"(什么人会首先感受到寒气呢)为开头的缘故。也就是说,这部连作是以"寒冬袭来之时,到底是什么样的人们会最先被严酷的寒冷抛入苦难的深渊里去呢"做设问,分别吟咏了处在社会底层的10种职业和境遇的人们。

何人寒气早
寒早走还人
案户无新口

寻名占旧身
地毛乡土瘠
天骨去来贫
不以慈悲系
浮逃定可频

什么人会最先感受到寒气呢
寒气早早地袭来，朝着从逃亡之地被遣返回来的流浪者
即使重新调查户籍，也找不到这返乡归来的人的名字
每次都要询问他的名字，来推测他是哪里的人
土地贫瘠，收成可怜
因为居无定所的生活而心力交瘁
如果当政者不以慈悲为怀，心系苍生
离散流浪一定会更加频繁

这首诗所描述的，是在苛捐杂税和强制劳动的逼迫下无法正常生活而逃亡到别国的人，因为仍然找不到可以安居的乐土而不得不被遣返回乡的悲惨境况。就算翻遍了户籍也无法找到那个人的名字，所以他除了彻底沦为流

浪者以外，别无选择。

何人寒气早
寒早药圃人
辨种君臣性
充徭赋役身
虽知时至采
不疗病来贫
一草分铢缺
难胜箠决频

什么人会首先感受到寒气呢

寒气早早地袭来，朝着在药草园里劳动的人

他的任务是，根据所含药性的不同来种植不同的药草

因为他身负着租税的义务，所以必须以这种劳动来代替租税

时节一到，就要手脚利落地采集药草

然而他自己即使被病魔侵袭坠入贫困，也不能用药草来医治他的病痛

因为哪怕是一根药草，少了一分一厘

也难逃苛酷的鞭刑

在栽培高贵药草的药草园里劳动的人，不管得了什么重病，都不能随便取用自己手中的药草，哪怕是仅仅一根。

《寒早十首》所咏的对象，除了以上之外，还有从别国潜入赞

岐国的流浪者，死了妻子、抱着小孩一筹莫展的老人，失去了双亲的孤儿，寒冬腊月也仅穿一件单衣在车站之间忙着运输的马夫，同样在海上从事运输工作的船夫，想用鱼充当租税却不知何时才能钓上来鱼的渔夫，从事四国海岸上有名的产业——制盐业的卖盐人，以及樵夫等，他们都是在严冬最先感觉到寒气的人。

在此值得注意的是，这部连作里所咏的人物，几乎全部都是被苛捐重税压得喘不过气来的穷人。道真正是征收租税一方的代表者，他却写出了这样的作品。因此我们可以说，这部诗作无疑讲述了这样一个事实——即对于道真来说，赞岐国的现实对他具有巨大的冲击力。第一，要将以上10种贫穷者所有的生活实态都尽收眼底，必须是像他那样身处高位的官员。但是，一般来说，高高在上的官员，几乎是不可能对那些贫穷阶级产生同情和共鸣的。从这个意义上来说，菅原道真是绝无仅有的官员和诗人。为什么这么说呢？那是因为在他之前和之后，都很难见到既是诗人又是高级官僚的人，并且，能有他那般出众诗才的人，更是凤毛麟角。

他将在赞岐国的见闻记在心里，再次回到了京都。之后，在宇多天皇的拔擢下,道真以惊人的速度步步高升。但是,他的心中应该是充满了重重矛盾的吧。哪怕只是目睹过一次赞岐国贫苦民众的悲惨状况,他也已然无法再心安理得地重新投入到高官显贵们的荣华生活里去了。但是,他的官位却不断地得到升迁。宇多和其后的醍醐天皇这两位帝王的意志,支撑着他的破例升迁,他不能辜负他们的殷切期望。

正因如此,当醍醐天皇听信藤原家的谗言收回了对道真的信赖时,一切都在顷刻间灰飞烟灭了。他向宇多太上皇求救,太上皇也为了把他拉出深渊而尽了力,但还是没能阻止这场宫廷政变。他在完全身无长物的状况下,被流放到西边尽头的太宰府,住在形同废屋的官邸里,身边只有他无比尊敬的中国大诗人白居易及其他诗人的诗集。当时他 57 岁。之后他仅仅活了 2 年。其间他写的诗有 39 篇。他的流传至今的诗作共有 540 篇,因此从数量上来说,这些诗还不到全部诗篇的十分之一,但却构成了他流放后的文学生活的全部。

可是,在这些诗中,包含着真正无愧于杰作之称的长短各种类型的诗,就是这些作品,使得道真的名字成为不朽。

他在最后的这些作品中,极其详细地描述了周围生活环境的惨淡，他愤恨冤屈，悲叹命运，想念妻儿，反复吟咏周边荒凉寂寥的风物和内心的孤独，痛悼陷入与自己相同的境遇、被逼致死的正义友人，哀叹即使求佛也得不到心之平安。在他的笔下，其生活有如电影，历历在目地回放在千年后的我们的眼前。

并且，他的诗中较多地引用以白居易为首的唐代诗人的诗句，形式上也非常严密，始终保持着堪称古典主义诗歌典范的工整端丽。

形式上绝无仅有的工整端丽和内容上揪心般的悲怆控诉，这两者的共存，显示出菅原道真所完成的诗之业绩的伟大。

在此，我们不可能详细地介绍他的长篇诗作。因此，我想引用长诗的一部分或几首短诗，来看看他最后的生活状况到底是什么样子。

首先，是他日常生活的一个片段。

与谁开口说
唯独曲肱眠
郁蒸阴霖雨
晨炊断绝烟
鱼观生灶釜

蛙咒聒阶甑
野竖供蔬菜
厮儿作薄饘

到底能开口和谁说呢
只能枕着胳膊独眠
郁郁不停的连绵阴雨
每天早晨也常常断炊
小鱼在滴满雨水的锅灶里游泳
小青蛙在台阶的瓦上聒噪
农家的孩子拿来了蔬菜
帮厨的孩子给我做了稀粥

可以看出，他住的官邸，是年久失修的废屋。在那个破烂不堪的房子里，他连定时做饭的心情都没有，过着意气消沉的生活。只有住在附近村子里的孩子们，有时会给他拿来蔬菜，或是给肠胃虚弱的他做一顿清淡的饭菜。

可是即便在那样的状况下，他还能写出这样的作品，令我们叹服其非凡的创作力和表现力。千年前被流放的大诗人的生活状况，仿佛一幕一幕地浮现在我们眼前。他在这样的境况下，还焦急地等待着留在京都的妻子的书信。妻子也一定不能够随意地写信吧，她曾经在包裹上写着“药品”，但实际上却寄来了生姜。

读家书七言

消息寂寥三月余
便风吹着一封书
西门树被人移去
北地园教客移居
纸里生姜称药种
竹笼昆布记斋储
不言妻子饥寒苦
为是还愁懊恼余

毫无音信地过了三个月
终于顺风吹来了家书一封
读后得知，我家西门边种的树被人连根拔去
北庭的空地上有外人住了进来
纸里包着生姜，外面写上“药”
竹筒里塞进海带，写的是斋戒的食物
妻子儿女的饥寒却一句也没有提及
可正因如此我才忧愁顿生，更加懊恼

实在是一首感人的诗。我们通过这样一首诗，宛如亲历眼前正在发生的事情一样,感受到了政治犯全家的痛苦。

道真被流放太宰府期间,他所信赖的朋友藤原滋实在太宰府相反的方向,即日本东北角上的奥州突然死去了。滋实是位憎恨官场上的腐败、以廉洁正直闻名的官吏。因为这样才招来了部下的怨恨,从而不明不白地死去了。道真在接到他的讣告后备受打击,写下了恸哭他之死的长诗。当时,不少被派遣到东北地方的官僚们,在那片土地上搜刮民脂民膏,中饱私囊后还经常向都城的高官们行贿,从而在

几年后重返京都走上飞黄腾达的道路。在诗中他是这样描写的:

归来连坐席
公堂偷眼视
欲酬他日费
求利失纲纪
官长有刚肠
不能不切齿
定应明纠察

屈彼无廉耻

盗人憎主人

致死识所以

任期满后回京城与曾贿赂过的高官坐在一起

在宫中的官厅里，行贿者、受贿者，偷偷地交换眼神

为了报答来自东北的礼物

利欲熏心，把国政大纲抛到九霄云外

上司若是刚毅正直的人

怎能不为这腐败扼腕切齿

必定会痛斥这不正行径

弹劾这帮寡廉鲜耻的家伙

如此，盗贼反而会憎恨主人

主人在将要失去生命时，才领悟到事情的缘由

道真在诗的最后两句，写出了因为坚持正义，反遭恶人嫉恨而最终被杀死的上司的悲惨命运。诗中所说的临死时才了解了整个事态的上司，无疑指的是友人藤原滋实，但是我们可以看出，那里面也有着道真自身的影子。

他以在东北死于非命的亲密友人的悲剧性命运为寄托，借此诗发泄出因为更大的阴谋而被流放西国的他自己的激昂和愤怒之情。

这种有着政治性的背景，抨击当权者的不正和腐败的诗，在道真的全部作品里并不是很多。但是我认为，这种诗出现在日

本诗歌的历史中，是件非常重要的事情。当然，到了近代以后，拥有政治性、社会性主题的诗歌不在少数。可是，其中很多作品都没有高度的艺术价值。与此相对，在近代以前的日本诗歌史中，除去菅原道真，再无人写出过这种主题的诗。

但是，当时很多人在是政治家或武家的同时，也是诗人——这些人的规模极其庞大。这件事就像一个巨大的谜团。

然而，日本的诗歌史从菅原道真以后，其主流就由“汉诗”转移到了“和歌”上。这个戏剧般的变化在极其短暂的时间里完成了。那时的主要人物中，就有宇多天皇和醍醐天皇。同时，就像我再三讲过的那样，在和歌这种形式中，人们不断追求着纤细的美之情感和尽量的简洁洗练。与具体叙述政治性或是社会性主题的“汉诗”完全不同的道路，就这样被开启了。

之后，政治家（其中多数是藤原家出身的贵族）也好，武家（其中多数是依靠武力赢得了胜利，但到最后必定憧憬贵族的文化背景，从而向着同一个方向前进）也好，他们都承认美的理想的中心在于和歌的纤细和洗练，所以他们所作的和歌

也都理所当然地与政治和社会问题毫不相干。即使有关系，那也是仅限于内在感情的范围。

看了这样的历史背景，我们就会明了，为什么道真作为诗人没有得到正确的理解和评价。我们还弄清楚了，他使用从中国传来的汉诗作为自己的诗体，是他被忘却的一大要因。可是，他能够写出这样杰出诗篇的原因，也正在于他使用了汉诗这种形式。所以，想来他就是生活在矛盾之中的诗人。一个巨大的深渊横亘在汉诗和和歌中间。从这个意义上来说，菅原道真正是这个深渊本身。但是，经过了千年的岁月，我们有必要将他唤醒。这在研究日本诗歌的问题上，是非常重要的。

第二章　纪贯之和“敕撰和歌集”的本质

一

我在上一章讲了日本古代最杰出的汉诗人菅原道真的诗以及他作为流放者悲惨的死，回顾了他充满荣光同时又极度失意的人生。

道真去世是在10世纪初的903年，享年59岁。在他辞世2

年后（905年），日本最初的敕撰和歌集《古今和歌集》完成并被献给了醍醐天皇。这部歌集又被简称为《古今集》。关于其完成的具体年份，也有学者认为是稍后的

913年。不管怎样，这部收录了1100多首和歌的歌集，是继在古代日本占有重要地位、收录了约4500首的《万叶集》之后的第二部具有极高权威性的和歌集。

《万叶集》是把跨度350年的诗歌作品，经数人之手耗费数年整理编纂而成的，最终完成于8世纪中叶。所以，从《万叶集》完成到《古今集》问世，相隔大约150年的时间。

为什么在如此漫长的时间内没有出现过一部像样的诗歌集呢？这是因为，日本的9世纪是处于中国文明绝对影响下的一个世纪，各级官僚和知识分子们几乎毫无例外的——菅原道真正是其中的典型——全部热中于使用中国的文字来写作中国式的诗文。

日本9世纪到12世纪的400年间，被称做“平安时代”。这是日本历史上少见的政治平稳、社会安定的一段时期。9世纪也正是处于这段黄金时代开头的100年。在这400年间，政治体制虽然也发生了缓慢的变化，但是从整体来看，在政界一手遮天的，还是古代豪族中特别有势力的藤原氏一族。藤原氏依靠和天皇的姻亲关系，在政界翻云覆雨，权势炙手可热。

藤原家的祖先可以追溯到7世纪中叶去世的藤原镰足。他帮助后来当上天智天皇的中大兄皇子除掉了当时朝廷的心腹之患苏我氏，并且为建立以朝廷和天皇为中心的中央集权国家立下了汗马功劳。他的儿子不比等继承父亲的事业，为使中央集权国家的统治更加稳固，相继制定了刑法和行政法等基本法。这就叫做“律令制”。古代日本由7世纪中叶开始至10世纪，大约延绵了300年的强有力的中央集权国家体制，就是这么确立的。

不比等有四个非常出色的儿子，他们分别建立了藤原氏的四个家系[①]。特别是始自次子藤原房前的“北家”家族人才辈出，涌现出许多优秀的政治家，可以说他们在所有意义上都引领了整个平安时代。

但是，关于不比等，我们还必须指出重要的一点，那就是，他的女儿光明子当上了圣武天皇的皇后。在那之前，成为天皇皇后的女性仅限于皇族的女子。这个铁则随着光明子的封后而被打破了。据说光明子自幼非常聪明，成为皇后以后也虔诚地皈依佛教，行善

① 南家（武智麻吕）、北家（房前）、式家（宇合）和京家（麻吕）。

积德，为贫穷病苦的大众设立了两个疗养院。

从藤原氏这个臣下的家里出现了皇后，这给日本政界带来了极其重要的、具有划时代意义的影响。自那以后，藤原氏后代的四个家族都争相把自家的女儿送进宫里，争宠于天皇。

如果生了皇太子，那么这名妃子的父亲，也就成为下一任天皇的外祖父。而且，倘若新即位的天皇尚未成年——这是很常见的，因为当时的天皇一般都还在壮年时就退位成为太上皇——这个外祖父就会代替年幼的天皇执政，成为“摄政”，从而直接参与朝政。就这样，国家的绝对权力就由新天皇让给了他的外祖父。

还有，就算天皇已经成年，也时常会出现藤原氏的有力人物代替天皇执政的情况，这就叫“关白”。

“摄政”和“关白”这两种制度合起来称做“摄关制”。藤原氏一家拥有庞大的关系网，几乎控制了整个摄关制度，从而巩固了其巨大势力。

当然，在摄关政治的初期，也不是每位天皇都会设置摄政和关白的。其中最显著的例子，就是菅原道真超乎寻常步步高升的事实。宇多天皇大力提拔了道真，之后的醍醐天皇，也继承了父皇宇多的意志，让道真和藤原氏族中势力首屈一指的藤原时平平起平坐。两位天皇就通过这样的方法削弱藤原氏的专制体制，意在扩大天皇亲政的可能性。但是，正如我已经说过的那样，这个计划在藤原氏的顽强抵抗下不久就完全失败了，而道真也由此走向了毁灭。

二

藤原家的势力就这样一步步地不断地得以巩固。他们在最大限度地辅佐天皇的同时，也在社会生活的各个领域，发挥着高度的、实质性的指导作用。当然，在文化领域它的权威也无需赘言。并且，重要的是，藤原氏各个家系中也出现了不少的诗人、画家和散文家。所以说，藤原家不仅培养出了多位政治家，还培养出了在文学、艺术等领域数量可观的优秀的创作者及有力的支持者。

然而，有意思的是，在政治斗争中败给藤原家的氏族中，也出现了不少处于指导性地位的诗人。这些人虽然作为官僚地位并不是很

高，但作为诗人，却获得了人们的尊敬和崇拜。

特别是当天皇自身钟爱诗歌、艺术，并且强烈希望从藤原氏的政治、文化专制中争取到一个相对独立的空间的时候，这些虽身为低级贵族却有着非凡诗才的诗人们，就得以在文化界崭露头角了。这正是最初的敕撰和歌集——《古今和歌集》编纂的时代背景。

令人感到意味深长的是，这种状况得以变为现实的最大动因，就是宇多天皇、醍醐天皇父子俩的意志。之所以这么说，也是因为宇多天皇是众所周知的大力提拔道真的人。天皇对于道真作为儒学者、汉诗人的才能怀有极大的敬意。这种虔敬的态度也被其子醍醐天皇所继承。然而，另一方面，宇多天皇又是一个深爱和歌的人。

其中一个理由，也可以说是很意外的一个理由，就是宇多天皇很难抵抗才貌双全的女性的魅力。天皇的后宫至少有 14 个嫔妃，她们都是从藤原氏和其他高级贵族家挑选入宫的女子，分别在不同时期侍奉在天皇的寝宫。在这当中，有菅原道真的女儿，也有藤原时平的女儿。更引人注目的是，这些女性中至少有

3人是歌人，特别是其中一位叫做伊势的女子，是位才色兼备、风靡一时的美女歌人。她在离开后宫后嫁给了一位皇子，生了一个女孩，而这个女孩长大后也成为一名叫做“中务”的有名歌人。

在后宫里侍奉宇多天皇的女性，实际上也并不算太多。醍醐天皇时有16人，紫式部、清少纳言、和泉式部等女官侍候的一条天皇仅有6人。至于在日本古代诗歌史中作为文艺活动的支持者，更是作为实际的歌手或诗人而留下光辉业绩的后白河天皇和后鸟羽天皇，他们分别把17位和13位女性招进后宫，予以宠爱。

在这些女性中有许多优秀的诗人、歌手和舞蹈家。这说明这些宫廷女性要想拥有魅力，不仅要有美貌，同时还要具备作诗、表演等特殊才能。

女性的诗歌，就是用女性普遍使用的文字，也就是假名文字所作的和歌，而不是用男性文字(汉字)所作的汉诗。换言之，正是藤原氏在政治上的主导权得以不断巩固的决定性因素——摄关政治体制，把后宫的女性们推上了一个非常重要的地位；同时，把她们所擅长的文学表现，即和歌，引领到宫廷社会风光无限的舞台上，取代了汉诗的地位。这也是摄关政治发展的一个必然结果。就这样，最初的敕撰和歌集编纂的条件成熟了。

在政治事务的处理方法上，则是严格的律令制度和带有闺阀政治色彩的摄关制度两者相混合，形成了一种特异的政治形态。这时候，对中国制度的忠实模仿已经过时，儒者菅原道真的失势，正是象征性地宣告了这个历史性的变化和转换。只比他年轻约 30 岁的青年才俊纪贯之的华丽登场，象征着 10 世纪初在日本发生的一大转变，即由对中国(唐帝国)的崇拜到对本国文化的尊重、由汉诗文到和歌和假名文字文学、由最高级贵族指导的文化到中级贵族指导的文化，也就是说，由菅原道真到纪贯之的转变。

纪贯之和其他 3 名地位卑微的低级贵族，只是因为他们和歌的才华出众，就被天皇任命负责编纂《古今和歌集》。在接受这个光荣而又责任重大的任务时，他们该是怀着怎样一种诚惶

诚恐的心情;而当这个伟大的事业终于顺利完成的时候,他们的万千感慨,也超出了我们的想象。

在这之前的一个世纪里,宫廷内所有仪式的正式语言,都不是本土的大和语言,而是使用中国文字的汉诗和汉文。和歌被认为只是传递男女间秘密恋情的途径和私人化的通信工具,不能堂堂正正地出入正式场合。随着《古今和歌集》的完成,和歌不仅印证了天皇的绝对权威,而且还一跃登上了宫廷的正式舞台。之所以这么说,是因为所谓“敕撰”,是指“由天皇选出、编撰”的意思。

纪贯之在其撰写的《古今和歌集》假名序中非常自豪地表露了这种喜悦之情。这也正是和歌向汉诗发表的胜利宣言。

《古今和歌集》在完成直到20世纪初期的1000年当中,奠定了以诗歌为首的日本所有的艺术形式，以及风俗和美学意识的基础。诗歌论自不必说，茶道、花道、香道、舞蹈、能乐、狂言，甚至武士道，各个不同领域的理论指导者都或显或隐地从《古今集》序文或集中的和歌里寻找自身理论的精神支柱。同样，他们也在《古今集》之后的各个时代的敕撰和歌集中找到了范例。

当然，纪贯之的名字也就成了极其神圣的权威。一直到19世纪末掀起和歌革新运动的青年正冈子规向他发出正式挑战之前，他的权威在10个世纪的漫长岁月里一直岿然不动。

造成这种历史性转变的，与其说是纪贯之个人著作的价值，不如说是“敕撰”的权威。并且，作为诗歌集的《古今和歌集》本身，也的确收录了众多在日语诗歌表现史中经得起时间磨砺、带有古典美和张力的优秀作品。

三

在此，我想给大家介绍纪贯之所作的假名序中最为核心的一段，即序文的开头部分。

和歌以人心为种，成于万言。人之在世，事业纷繁。感于事

物，心有所思，托于见闻，咏为和歌。花间黄莺鸣，水边河蛙叫，万物皆发歌谣。无须假力，可撼天地，感鬼神，和男女，慰武士者，歌也①。

在这段文字中，纪贯之指出，和歌的"种子"萌发自人心，然后人心则是随着自然界风景和世间万物的变化而变为千变万化的语言，即以和歌的形式表现出来。更进一步，他认为无论是于花间婉转的黄莺，还是在水边欢唱的河蛙，所有的生命，都无一例外地成为歌谣的创作者。这段文字可以说是日本诗歌的一个基本特征——自然崇拜思想在非常早期诗歌中的表达。

之后，纪贯之又将他的理论进行了有趣的展开。他说和歌"无须假力"就能震撼天地，感动鬼魂。换言之，即在和歌短小简洁的语言结构中，居然蕴含着能震撼各种超自然事物的巨大能量。甚至还可以说，诗歌是通过被超自然的事物赋予了特殊灵感的

① 假名序，原文为日文，作者纪贯之。笔者译。

人类之口创作出来的，是超自然的存在本身。这种思想，至少与西欧的读者们所熟悉的诗歌观大为迥异。

在纪贯之的诗歌理论中，处于核心的是“人心”。他所谓的“人心”，就是融合于一草一木和鸟兽虫鱼一起歌唱的“诗心”。

这也说明了，日本和歌为什么会采用“五七五七七”这样一种精致短小的音节形式。这种诗体的产生就是为了把与山川草木共鸣、与鸟兽鱼虫同歌变为可能，同时也是为了使自己具有简单的特点——短小精美。并且，要想使诗歌的含蕴更丰富、感染力更强，简短的形式可以说更为有利。

换句话说，日本和歌并非绝对推崇独创性的构思和天才般的灵感（当然，二者也颇受重视），但比起这些，更加被重视的，是一个人的诗歌被他人甚至自然界的生物或无生命体所感应和应答，从而在两者之间形成一种唱和的关系。

实际上，“和歌”这个词中的“和”字，虽然是意味着“大和”（日本的别称），但其更本质的意义，还是“应和人声”，甚至追随对方的心而达到一种“互相亲和，互相安慰”的境界。也就是说，与对方互相唱和，追求和谐，才是“和歌”这个词的根本意义。

纪贯之所主张的也正是如此。此外，“和歌”这个词既然有以上所说的意思，当然也就意味着它能亲和男女间的感情，抚慰勇猛武士的心。

总之，和歌的理想，就在于它能使超自然的令人敬畏的力量变得柔和，能使天地自然和死者的灵魂得到感动。因此，在古代和中世，和歌亦被作为祈祷上苍停止干旱和洪水等天灾，以及保护人们免受瘟疫侵袭时的咒语。人们深信和歌中蕴含着超自然的感应力。对于和歌那种不可思议的神奇力量的信仰，在古代、中世的日本社会，甚至在一般民众中都广泛地存在着。实际上，比起王室贵族，普通民众的信仰更为坚定。

在这种非常实用的意义上，恐怕和歌和西欧的诗相比，有着完全不同的性质。它以"人心"为种子，最终依据"和谐"的原理，把超自然的可怕事物都加以人格化而使之变得和善可亲——这种力量就潜藏在和歌的内部。

若要举出日本人对诗歌的内在力量如此深信不疑的原因，我想或许是缘于日本列岛地理位置的特殊性吧。这种特殊性使得日本在很长的岁月里没有受到外敌的侵略，幸运地享受着国内的和平，从而使人们相信纯粹自然的力量。

同时，由于日本列岛处在东南亚亚热带季风气候的控制下，夏天高温多雨，空气湿润，为植物的繁茂生长提供了绝佳的条件。同样，日本春秋的气候富于变化，动植物的种类也丰富多样。这些都印证了纪贯之在序文开头所写的“黄莺和青蛙都禁不住放声歌唱”的事实。

通过上述观点我们可以明确，日本人自然崇拜观念的形成，是无法回避的事实。我们也因此可以理解，正是这种自然观，造就了日本诗歌的基本特征。

四

纪贯之在《古今和歌集》的序文中，谈到了许多他所关心的事项。这些我就不一一探讨了。序文的中心部分，很明显就是

刚才我所举的那一段。我们刚刚提到的这种思想，归根结底，不只是和歌，也在日记、物语、随笔等散文当中，甚至在茶道、花道等把日常生活无限艺术化的、日本独特的“生活艺术”当中，或者更普遍地说，就是在以祭礼为首的年节活动当中也都存在着，形成了它们共通的文化精神底蕴。

另外，我们必须强调这亦是贯穿历代“敕撰集”的基本编纂思想。人们追求“和”的心，最终将会化解超自然的恐怖力量，使之变得柔和；并且，为实现这个目的而最受推崇的方法，则非和歌莫属。这就是贯穿21部敕撰和歌集的理念。

这也就是一种应该叫做帝王统治理想的观念。当然从实际来看，先是藤原家族掌握政治实权400年，之后又是延续600年的武家统治。所以在长达大约1000年的时间当中，天皇几乎都没有作为统治者亲自执掌国家大权，而是由贵族和武家代为执政。但是，就是这些实权在握的贵族和武士们，对于没有任何军事力量、只是象征性的最高统治者天皇的权威，也无法公开地进行否认。相反的，可以说他们通常是通过效仿天皇的精神权威，以证明自己权力的正当性。这是因为人们认为天皇的权威不仅是现实的，同时也是神圣和绝对的。

在这种情况下，天皇成为“敕撰和歌集”编纂事业的中心，就有着巨大的意义。正如前述，和歌本身被看做是具有神圣力量的东西。因此，贵族也好，武家也好，只要有人提出敕撰和歌集编纂的计划，他们都会积极地提供支持和援助。

如果举其中一个比较突出的例子，那就是在14世纪初期开创室町幕府，并成为其初代将军的武将足利尊氏。作为乱世枭雄，他在近代日本受到的评价，一般是“阴谋家”和“反叛者”等比较负面的词语。但实际上他极为热爱和歌和连歌，自己也创作过许多风格优雅的作品。他甚至还成为推动敕撰和歌集《新千载和歌集》编纂的原动力。并且，由他开启的室町幕府时代约200年间，虽然不断地受到社会动荡浪潮的冲击，但还是保护和发展了能乐、连歌、中国风格的水墨画、茶道、花道等各种艺术，对以禅宗寺院为代表的文化，特别是庭园文化的发展作出了巨大的贡献。

纪贯之在《古今和歌集》序文中所揭示的“和”的理想，不仅被贵族，也被武士阶层奉为毕生追求的理想。从这样的事实中我们亦可以明了，他在序文中所叙述的关于和歌本质的理论，已

然超过了单纯诗歌论的范围，而是被理解成即使帝王将相也应当尊重的，贯穿天地万物的和平、繁荣和共存的原则。

我想，这才正是延绵500年以上、在21代天皇的治世中，敕撰和歌集被连续编纂的最根本的原因。换言之，那些敕撰和歌集不只是具有艺术性的诗歌集，也包含了极具政治性的因素，即丰富地表现为政者统治下的和平与繁荣①。

五

当然，不能说每部敕撰和歌集都是非常优秀的上乘之作。我们可以很容易想象出，其中最重要的理由，就是陈腐重复的无限泛滥。在只有31个音节的诗型当中，不可能出现那么多富有独创性的作品。

因此，为了赋予形式短小的和歌以丰富的内涵，

① 从这个意义上来说，日本的敕撰集与中国的《诗经》等诗歌集相似，皆被用作体现统治者意志、旨在对民众进行礼乐教化和精神熏陶的文化经典。

在很早以前人们就开始用各种方法进行尝试，其中最著名的就是“本歌取”[①]的方法。这是一种有意识地借用被公认为优秀的前人和歌中的一部分，来构成自己作品的方法。为什么要这么做呢？这是为了使和歌的阅读者或倾听者能够通过与所借用前人和歌的重叠而感受到古香余韵。并且，通过这种方法所获得的品味作品的享受，也是复杂和丰饶的。

这种场合借用的和歌必须是有名的前人作品。因为，如果一首新创作的和歌，读者不能领会到它是“本歌取”的作品时，就会被认为不过是单纯的剽窃。“本歌取”，并不是对以往名作的盗用，而是反过来用一种奇特的方式来表达对原作的敬意，或是将其脱胎换骨提升到更高的层次。因此，被借用的作品应该是人所共知的。

这种大规模地借用前人作品的行为究竟意味着什么呢？这

① 汲取有名的前人作品的表现手法而构成自己的和歌，以前人作品的世界为背景，试图创作出表现情调的重层化和复杂化的一种咏歌方法。

说明了一个重要的事实，即，在1000年前或800年前左右的日本，大多数宫廷人士和有教养的男女都能够背诵有名的前人和歌。这可以说是令人惊叹的事情。实际上，有些时候甚至会出现这样的例子，即在一首31音节的短诗当中，会同时借用二至三首前人和歌的用字、素材或意境，这样，这首新作就会被当做极其优秀的作品而被争相传诵。而这样的事情，如果没有出色的作者与能够充分理解和赞赏这种妙技的优秀读者同时存在的话，是不可能出现的。

这种由作者和读者共同构成的文学空间，可以说也就是使敕撰和歌集能够不断延续下去的环境。在此，作者即读者。这样，和歌的形式仅限于短短31个音节应该是有利的，因为它使诗人们能够轻松地记住大量的前人作品。像“本歌取”这种一般西欧人无法想象的诗歌创作方法，在日本反而会作为作者和读者互相显耀其丰富的诗歌教养的手段而被争先恐后地运用，大概这也源自和歌本身的这种条件吧。

也就是说，在这里，创作诗歌和欣赏诗歌，亦是社交上最洗练的一种形式。在这种文学环境当中，也培育了“歌会”、“连歌”和“连句”等在共同性的原理上成立的、日本独特的诗歌创作和鉴赏形式。

六

下面，我打算从敕撰和歌集的代表——《古今和歌集》中选取一些作品介绍给大家。首先我想声明的是，日语本身是一种

极富微妙语感的语言，特别是最具日语特征的助词和助动词，它们自身不能单独使用，是在翻译时最难处理的词类。它们通过与名词、动词或形容词等相结合，产生极其丰富的意义，表达极富神韵的文学意味。而且，无需赘言，和歌是助词和助动词运用得最为活跃的文学领域，特别是《古今和歌集》就集中体现了这一特色。《古今集》的和歌，就像

是由微妙的低音回响和呼应组成的室内乐，或是繁复交错织出纤细花纹的阿拉伯风格的锦线。

在这点上，与《古今集》相比，在其完成300年后编纂的《新古今和歌集》，甚至《新古今和歌集》之后110年及140年编纂后期敕撰和歌集的代表《玉叶和歌集》和《风雅和歌集》等，因为增加了名词、动词和形容词的比重，其含义和意象都变得更加明晰。

在此，我来给大家介绍两首既不会导致翻译困难，又能充分体现《古今集》特征的和歌。这两首都是《古今集》有代表性作者的有名作品。

首先是《古今集》卷三（夏卷）最后的凡河内躬恒的和歌。这首歌有题目，是《水无月[①]之末日所咏》（旧历六月三十日所作的和歌）。按照旧历，六月三十日是夏季的最后一天。这首和歌被放在夏卷的最后，也是出于此因。根据由《古今和歌集》开创的敕撰和歌集的编辑方针，咏四季的和歌都必须严格地按照日历的顺序来排列。

① Minazuki，日本阴历六月的古称。

みな月のつごもりの日よめる

夏と秋と行きかふ空のかよひ路は

片方すずしき風や吹くらむ

水无月之末日所咏

夏秋交错云中路

应是凉风一侧吹

凡河内躬恒

这是一首描写酷热难当的夏天终于过去，翘首以盼的凉爽秋天终于要来临那天的愉快心情的诗歌。和歌意兴的中心在于想象在季节交替的瞬间，秋和夏擦肩而过的空中通道的一侧，已经是凉风飒飒的情景。

无需赘言，夏和秋并不是在这天突然互换，空中也没有这样一条季节交替的道路，一切都是幼稚的空想。可是尽管如此，这首歌还是让我们感受到了魅力。这是因为，读着这首和歌，我们眼前就会浮现出这样一幅鲜明的动态画面——空中架起了彩虹之桥般的幻想通路，夏和秋互相挥手作别，一个消失，一个出现，极富动感。

并且，这首和歌显示了当时日本的知识阶层对于历法这个新生事物的强烈关注。对于历法的关注，换言之，就是对于时间流逝的关注。平安朝的贵族们在考虑生的问题时总难避免这样一种倾向，即把生命看做不断消逝的东西，不断走向死亡的东西。"盛者必衰"、"会者定离"、"盛衰枯荣"才是人生之常理，这也是日本人从佛教教义中汲取的最重要的人生观。无论是人的生死，还是社会中每个人的命运，抑或是恋爱的结果，日本人都更倾向于把它们看做无时无刻不在变化的东西。这是一种厌世观，但同时也是对不断消逝的美的发现。带着一种独特的唯美主义去怜爱逝去的一切事物。这是日本美学意识的重要元素之一。

但是，在此我并不打算对这个众所周知的主题进行深入的探讨。总之，凡河内躬恒的和歌，美就美在它天真大气的空想上，这是我们应该重视的。就此我们回过头来，去追寻穿过短小和歌的凉风的去向吧。

凡河内躬恒这首和歌之所以被放在第三卷夏卷的最末尾，其意义当我们读到第四卷即秋卷的卷首歌时，就顿然清晰起来。一起来看藤原敏行的题为《立秋日所咏》的和歌。

秋立つ日よめる

秋来ぬと目にはさやかに見えねども
風のおとにぞおどろかれぬる

立秋日所咏

未见秋显色
却惊风起声

藤原敏行

这首对于日本人来说再熟悉不过的、宣告秋天到来的和歌，正像一个接力选手从前面选手手中接过接力棒那样，从宣告夏天结束的凡河内躬恒那里完成了季节的交接，开始了秋天第一棒的奔跑。

也就是说，在夏天最后一首歌中生起的凉风，继续吹拂在秋天最初的歌中。并且，这风是以使人突然惊觉的微妙音色登场的秋天的第一丝风。虽然眼里没有看见一抹秋色，但悄然吹起的秋风，只因其中的那丝微凉，它的声音就会被敏锐的耳朵捕捉到而引起人的惊喜——“啊，秋风来了”。

七

在此，有件重要的事情变得清晰起来。这就是，普遍认为比“视觉”微妙和难以捉摸的“听觉”，在和歌里面，却比视觉更受青睐。

这也就意味着，无论男女，平安朝的歌人们比起眼前看见的现实的东西，对从远方传来的诸如声音这类的“感觉”更为敏感。我想，这应该是与他们当时的实际生活形态本身密切相关的吧。之所以这么说，也是因为，大多数情况下他们的生活圈子都是非常狭窄的，与其说是以眼睛来探虚实，不如说耳朵听到的更能左右他们的生活。在那时，人们的传言有着今天无法企及的撼动人心的力量。特别是在男女关系上，有必要密切关注耳闻的信息。比起视觉，有必要在听觉上更加敏感，这也就自然产生了刚才读到的那首和歌的感觉。

特别是女性的行动范围——至少在贵族和富庶人家的场合是非常小的。她们一般守在深宅大

院里面，过着足不出户的生活。也正因为如此，在恋爱上往往会比较困难。那时，男子们往往只是凭听到的一些传闻，就对尚未谋面的女子产生好感而不断地寄送情书以表达爱慕之情。因此，对于在身份高贵、家产丰厚的双亲无比珍爱和呵护下长大成人的女子，同时出现几个这样的求婚者进行竞争，也是很自然的事情。

这种事态之所以发生，缘自当时的社会环境。正如我已经多次重复讲过的那样，平安时代是以藤原家族为顶点的律令官僚制度被严格执行的时代。藤原氏之外的贵族，即使个人能力较他人出色一些，在官职上也不能企望会有飞跃性的升迁。官僚们以家系为依据被自动定位，纵然抱有仕途上的野心，也基本上没有实现的可能。出类拔萃的知识分子菅原道真虽然得到了史无前例的高升，最后却落得无比悲惨的结局，这作为残酷的教训已经深深地刻在了人们的心上。

因此，对于男子来说，可以期待的、非常现实的出人头地的手段，不是别的，正是结婚。当时有很多男子这样认为通过和当权者的女儿联姻，运气好的话，扬名立万也并非不可能。这并不一定是在道德上要受指责的事情。当然，其间也出现了许多带有喜剧色彩的插曲。但如果是对自己的才能、健康、运气和容貌有着足够自信的年轻贵族，这绝对是值得去挑战的“事业”。

在这种情况下，他们无疑要绞尽脑汁去做的事情，实际上就是创作恋爱的和歌。毕竟，对方常常是只在传闻中听说过的、从未谋面的豪门千金。接近她的唯一手段，就是向她寄送恋爱的和歌。如果和歌不够水准，那就连传递自己的心意都办不到。因此，要创作高质量的和歌，这是非常沉重的负担。敕撰和歌集的存在，从这个方面来看，可以说有着极大的意义。因为在集中，收录有许多对于不擅和歌的男子来说非常有用的范本。

由此可见，和歌是打动女方的心灵、赢得女方的感情极其实用的手段。这绝不是诗歌才能的单纯显示，有时它甚至会成为恋爱争夺战中的武器。当然，它也是男女之间或是以宫廷人士为首的社会各个阶层之间的社交工具。和歌在这个意义上，是具有相当现实的作用的。

和歌能够如此精美洗练，也绝不仅单纯出于文学意义上的原因，而是出于刚才我们讲过的那种实用性目的。我的这种见解，也许不是日本的主流观点，但我对此深信不疑。

和歌作为极受欢迎的诗体现在也被日本人所喜爱，和歌的作者数以百万计，其中的重要原因，就在于诗体的实用性。

当然，少数的“歌人”在和歌的文学性上互相竞争的现象，从古至今都一直存在着。就是这样的歌人们，也是在先保证了实用性的基础上，才能实现艺术性的升华。实用性最一般的表现，就是在自己主编的杂志或面向初学者的辅导班中指导弟子们。

在日本，诗歌是能够手把手进行传授的一门艺术，这大概不同于西欧人的认识。在代表日本的两种传统诗体——和歌以及它的派生形态，如今已经作为完全不同的诗体而独立出来的俳句上，这种做法是非常正统的。实际上，1000 多年的实践，已经不断地证明了它的有效性。

我在此从和歌听觉的重要性开始，讲述了平安时代男女关系的特殊状态，以及与和歌非常密切的关系。

实际上，和歌通过在日常生活中的应用，不仅已经浸透到了日本人的生活当中，更是在美学和生活道德方面发挥了至关重要的作用。正因如此，人们越发相信和歌所拥有的咒术般的魔力。而作为人生各种片断的表现手段，和歌也得到了人们的极大重视。

之后，带有这种性质的和歌的权威，由 21 部敕撰和歌集的出现而被决定性地树立起来。

当然，现代和歌（经过 1900 年以后的革新运动，现在叫做“短歌”）的作者们，已经不再对平安时代以来的敕撰和歌集的权威深信不疑。短歌在大约 100 年前急速地完成了近代化。那之前被神话了的纪贯之与他的《古今和歌集》的传统，自然首当其冲地受到猛烈的冲击，在那之后的六七十年间，纪贯之成了已落地的偶像。

但是，从最近二三十年前开始，学界出现了对他的业绩和所发挥的作用进行再评价的潮流。如今，对于纪贯之和《古今和歌集》的评价大大提升，逐渐恢复了理性的平衡。

实际上，即使可以单纯以近代主义的观点从表面上去否定纪贯之和以《古今和歌集》为首的敕撰和歌集的传统，但从根本上支撑着它们的日本社会的组织、价值观和风俗习惯，依然带着巨大的惯性，继续生存在高科技社会的现代日本之中。

这种存在于超现代事物和超古代事物之间的、从合理性的观点来看很难理解的奇妙关联，时常令现代日本的外部观察者感到吃惊和困惑。我把今天的话题作为连续讲座的一个题目，也是为了使大家能够理解它们之间联系密切的原因。

第三章　奈良·平安时代的一流女性歌人们

一

我在上一章讲述了“和歌”这个词的含义。“和”这个词作为动词，就是“应和人声”，甚至是用心配合对方来实现“互相理解、和谐共处”之意。随后，我指出这也就是敕撰和歌集编纂理念之根本原理，并把它与纪贯之所作《古今和歌集》的序文相结合，进行了阐述。

“和歌是这样一种东西”与“和歌非常重要的创作者正是女性”。这两者之

间，有着千丝万缕的联系。人们之所以会有应和对方的冲动，最重要的就是因为对方是异性。

因此，从和歌原理上来看，和歌是没有女性就不能存在的诗。特别是男性，由于他们关心的事情大都是社会性的，因而在其私生活上留下了许多忽明忽暗的投影。这些因素制约、拖延或掩盖了他们直率的感情表达，促使他们设计各种借口来为自己的谎言自圆其说，这已经成为家常便饭。与此相对，女性因其行动被限定在一个很小的范围之内，所以她们的感情表达就更显深切和真实，即使是在自我审视的诚实度上，她们也常常会超越于男性。

换句话说，就是女性比男性更加适合表现个人情感的和歌创作。特别是在恋爱方面，女性出于各种条件的限制，不得不认真对待。女性的爱情和歌，无论是在其感情的真挚上，还是在其抒情的震撼力上，都普遍要比男性的爱情和歌高出许多。无需赘言，这就是因为她们必须背负着那样苛刻的条件进行恋爱的结果。所以，对于某些天才的女性诗人来说，爱情的和歌甚至就是她全部人

生的概括或者象征。即她们的爱情和歌，就是哲学性冥想的诗歌。比如，通过和泉式部的作品，我们可以看到女性和歌的这个特征。

二

我是以讲述平安朝初期伟大的汉诗人菅原道真开始这个讲座的。但是，日本的诗歌史在他出现以前，已经经历了极其丰富的和歌时代。被认为是8世纪中叶完成的有名的《万叶集》，是对那个跨越350年的和歌时代的高度概括。

也就是说，在平安朝初期的汉文全盛时代，即仅由男性读写的文学繁荣的时代之前，就产生了《万叶集》。因此，若要讲解女性的和歌，首先必须提及《万叶集》中的女性歌人们。从活跃于7世纪中叶的最初的女性歌人额田王开始，一直到活跃于8世纪中叶古代日本文明的高峰期天平时代的大伴坂上郎女，其间涌现了许多优秀的女性歌人。在此我们只举出一位，她就是因为在《万叶集》中留下了以失恋告终的29首爱情和歌而博得了不朽名声的天平时代的女歌人笠女郎。

为什么笠女郎的作品全部都是歌唱爱情的呢？这是因为她的和歌都是为了一位男性而作的。而那位男性，就是当时最杰出的歌人和学者、《万叶集》的主要编纂者大伴家持。

《万叶集》全书20卷的和歌是持续几十年，经历了几个阶段逐渐积累起来的。家持积极参与了其编纂过程中最重要的收尾阶段。他是古代以来就保持着极其重要地位的贵族大伴氏在天平时代的代表人物。他自己也是一位非常优秀的歌人。《万叶集》中收录其作品的数量，占全部作品约4500首中的一成，达到了479首之多。

笠女郎曾经深爱着家持。从他和女性们之间和歌赠答的情况推测，家持大概和10名以上的女性有过或深或浅的恋爱关系。他对于笠女郎的爱恋，好像是在开始了不久后就不知出于何种原因，变得消极厌倦，并最终离开了她。

正如我已经介绍过的那样，在古代日本贵族社会，成为恋爱中介的，不是别的，正是和歌。在古代日本，男人和女人，即使是恋爱中甚至结婚后都往往不生活在一起，所以他们需要不断向对方倾诉自己的爱情，并同时确认对方对自己的感情。这样就有必要经常写作和歌，让充当使者的少年少女把和歌送给对方。

据我推测，笠女郎应该比大伴家持年长许多，是一位极其热情的女性。从她的和歌中可以得知，无论是在理性还是在感性上，她都非常出色。也许这些优秀条件，对于她的恋人家持来说，就成

了很沉重的负担。因此，他在经过了恋爱最初的阶段之后，突然就变成了一个消极的情人。从她的和歌来看，最初的幸福甜蜜倏忽而逝，随即就是痛切的焦躁、悲伤、不安，在浅睡中经常做梦，然后是愤怒和绝望。所有这些，都在她的和歌中依次出现。

家持虽然早早就对作为情人的笠女郎失去了兴趣，但是却被她寄来的充满悲痛哀诉的女性的恋歌深深地打动。并且，同样作为诗人，他肯定还对她的作品抱有赞叹之情。正因如此，随着《万叶集》编纂工作的进行，本来应该在自己手中秘密保管的私密和歌，却被他作为爱情和歌中最上乘的作品拿了出来，并予以公开。

当然对于这件事情，作者笠女郎是毫不知情的。如果放在今天，家持的行为是明目张胆的侵犯著作权，必须在道德和法律上予以制裁。但是，在除了佛教寺院里的经文印刷外还不存在其他印刷品的古代日本，就连家持本人，做梦也不会想到《万叶

集》在后世会成为最重要的古典作品，成为即使在现代日本都拥有大量读者的优秀诗歌集。从结果上来看，现在的我们因为这个冷酷情人的大胆“犯罪”行为，得以读到了日本古代震撼人心的爱情绝唱，实乃一大幸事。

比起得到爱情的欢喜，失恋的泪水和痛苦的呻吟更能让人心醉神迷。这种人类普遍的奇妙情感，无论是在日本的古代诗歌、中世诗歌中，还是在现代诗歌中，都有所体现。

三

现在来介绍几首笠女郎的和歌。虽然在数量上极少，但如果能给大家展示她和歌的一鳞半爪，也是一件幸事。

わが思ひを人に知るれや玉くしげ
開き明けつと夢にし見ゆる

心事似是被人知
梦见君开梳妆匣

这首和歌的大意如下：

“你是不是向别人吹嘘我和你恋爱了呢？我梦见我珍藏木梳的木箱盖子被你打开了”。

女郎好像是经常做梦。这个梦的内容表现了她在恋爱方面的强烈愿望，即不愿向世间公开二人之间的隐秘关系，只想把它当做二人仅有的永远的秘密。头发对于女性来说极其重要①，而木梳是与头发密切关联的物品。梦见收藏木梳的箱子被男方打开，就意味着女方对男方向外人吹嘘他们的恋情感到担心和害怕，以及对他的绝对忠诚开始抱有怀疑。

朝霧の鬱に相見し人ゆゑに
命死ぬべく恋ひ渡るかも

相见若只如朝雾
愿以一死苦恋君

“正因为只能在朝雾一般的朦胧中相见，所以我才拼死般苦

① 在日本古代文学中，女性的头发是女性身体中的重要象征，也是性的表现。

苦地思念着你”。

她和家持的确相逢过。但是，一旦两人天各一方，就宛如朝雾将一切都笼罩起来一般，所有的一切都变得不再真实。可正是这样的相逢，才更加令她苦苦地思念对方。和歌前半部和后半部的对照，显示出她不俗的修饰手法。

剣大刀身に取り副ふと夢に見つ
何の兆そも君に逢はむため

梦里身佩大宝剑
莫非将与君相逢？

“我梦见身上佩戴着威风的宝剑。这是什么兆头呢？这是能够和你相逢的预示吗”？

又是写梦的和歌。女子自己表露，梦见了宝剑挂在自己身上。即使不借用弗洛伊德的梦的解析方法，我们也可以认定，这应该是一个和性的欲求不满有关的梦吧。

皆人を寝よとの鐘は打つなれど
君をし思へば寝ねかてぬかも

夜半钟声到深闺
思君念君难入梦

“告诉都城的人们就寝时刻的钟声响彻了全城，但是思念着你的我，却怎么也无法入睡。”

这儿所说的“都城”，是有名的古都奈良。在当时的都城奈良，是以敲钟来通知人们时间的。在这首和歌里，指的是告诉人们应该就寝的夜里十点的钟声。当时，灯油是极其匮乏的贵重物品。所以，女郎应该是紧紧地盯着深夜的黑暗，想念着那位无情郎吧。

相思はぬ人を思ふは大寺の
餓鬼の後に額つくごとし

念无情者何所似？
叩拜大寺饿鬼后

“根本不是相亲相爱，可只有自己还一厢情愿地想着他——这简直就像满怀感激地跪拜被东大寺的大佛踩在脚下的可怜的饿鬼啊。并且，还是从饿鬼的屁股后面拜”。

这里所说的“饿鬼”，指的是佛教中死后坠到饿鬼道①里的死者们的雕像。这些死者们，受到生前贪心和吝啬的果报，瘦得皮包骨头，不停

① 佛教所谓的“六道”（地狱、饿鬼、畜生、修罗、人间、天）之一。

地被饥饿折磨，异常痛苦。在佛教雕塑中，它们都被塑造成被佛踩在脚下的姿势。礼拜这样的东西，是毫无意义的。而且，还要从屁股后面拜饿鬼，更是头痛医脚。笠女郎献给家持的爱情不断遭到冷遇和漠视，她终于忍耐不住而爆发了，宣告和他断绝关系。

但是当我们只看这首和歌本身，就会感受到其无意中所造成的滑稽效果。因为把恋爱对象看成饿鬼，所以字里行间充满着强烈的揶揄之情。虽然是被男人抛弃了，但是在诗歌里却堂堂地鄙视男人，把他打入饿鬼地狱。家持是带着怎样的表情来读这首和歌的呢？他恐怕不会生气，而是会笑的吧。同时，一想到终于从这位可怕的才女手里解放出来了，也许会安安心心地长舒了一口气吧。

当家持决心要把自己周围的出色作品都收集起来，为《万叶集》的编纂进行最后的整理和加工时，他想起了从这位惊世才女那里得到的许多和歌，无一不是她那深情的爱和离别的证言，所以才背着她偷偷地把这些作品放进了《万叶集》中。她大概完全不知情，而是将深深的悲伤埋在内心，郁郁而终了。而经过了 10 个世纪之后的今天，她作为《万叶集》代表性的恋爱歌人，其作品深受读者的喜爱。

四

笠女郎逝后的250年，纪贯之逝后的100年左右，平安朝文化的鼎盛时期——一条天皇的时代到来了。在这个时代，即11世纪初叶，生活着一位在日本诗歌史上闪耀着璀璨光辉的女性诗人，她就是和泉式部。

从10世纪末到11世纪前半期，原本就是日本文学史上一流女性文学者辈出的黄金时代。可以说是首开现代私小说滥觞的《蜻蛉日记》的作者右大将道纲母，世界最初的长篇小说《源氏物语》的作者紫式部，《枕草子》的作者、随笔文学的伟大先驱者清少纳言，《荣花物语》的作者、开创历史小说先河的赤染卫门(推定)，还有在爱情诗歌领域无出其右的诗人和泉式部都生活在这一时期。

其中，除了《蜻蛉日记》的作者之外，其他几位都是一条天皇后宫的女官。她们与众多男性有着社交和感情上的接触，都是难分轩轾的才女。她们有一个共同点，那就是都出身于中流贵族家。也就是说，她们都有因为藤原氏一门的政权垄断而失去了政治前途，只能在学问和文学、艺术的世界里争取出人头地机会的父亲或祖父。她们从幼年时就受到了来自这样的父亲或祖父的悉心教育，从而获得了当时女性中极其少见的渊博学识和高级教养。说起来，以藤原家为中心的门阀政治的一个出乎意料的副产品，就是平安朝女性文学的兴盛。

但是，在这之外还有一个重要条件，在400年风平浪静的平安朝，为何单单在一条天皇时代会出现女性文学如此繁花似锦的盛况呢？这其中的主要原因，也就是产生这种盛况而不可缺少的条件。

这个条件来自一条天皇的后宫。在一条天皇时代，日本的后宫制度较以前有所改变，那就是建立了“一帝二后”的新制度。一条天皇最初将藤原道隆的女儿定子立为皇后，不久又把道隆弟弟道长的女儿彰子也立为皇后。同为皇后的这两位表姐妹，都是才貌双全的女性。她们身边，都聚集了当时具有代表性的才媛们，各自形成了豪华的后宫沙龙。

定子后宫的中心人物是才气焕发的清少纳言。她在定子去世后回忆美丽而短暂的后宫时光，写下了著名的随笔集《枕草子》。在这

部作品里，定子皇后后宫的日常生活事无巨细地得到了生动的重现，是一部充满情趣的平安朝后宫生活记录。

另一方面，在彰子的后宫里，活跃着紫式部、赤染卫门和和泉式部等人。这些各自有着超群文学才能的女性，都作为女官，花团锦簇般地侍奉在主人彰子的周围，真可谓是“百花渐欲迷人眼”的繁荣景象。

当然她们彼此之间，既是朋友也是强有力的竞争对手。但是，若说起竞争，无需赘言，最强的对手就是定子后宫和彰子后宫了。男性贵族时常造访后宫，所以后宫里的事情马上就会通过他们的口传播开来。从这个意义上说，后宫的女性文学作者们所取得的文学成就，不仅能够左右人们对于她们所侍奉的女主人的评判，还会给她们的父亲在社会上、政治上的名声带来影响。因此，她们表面上看起来是在尽情地享受后宫的风雅生活，但实际上却彼此进行着激烈的竞争。为了写出优秀的文学作品，她们都在写作上投入了极大的热情，甚至还抱有一种使命感。这种情况，只需看看紫式部在日记中对其他女性的作品所作的尖锐批评，就会一清二楚。这样的环境，也就成了催生这一批流光溢彩的女性文学作品的原动力。

定子皇后虽然深得一条天皇的宠爱,但可惜的是,她年纪轻轻就去世了。她的后宫由此解散,清少纳言的生活从此一落千丈。一般认为,《枕草子》就是清少纳言为了再现定子后宫昔日的繁华,从宫中退出不久开始执笔的。而彰子的父亲道长代替了定子的父亲道隆,登上了政治权力的顶峰,这也是得益于定子的早逝。彰子所生的皇子们,不久就相继成为两任天皇。道长从此将大权紧紧握在手中。

五

正是处于这样一个时代环境中,和泉式部也才会因为她的恋爱生活而成为风靡一时的著名女性。

关于她的逸事有很多,我们来讲一件最有名的吧。有一个贵族子弟,从她那里得到了一把扇子。正当他向众人炫耀时,被路过的最高权力者藤原道长一把夺走,在扇子上面随手写下了"多情女的扇子"。这个故事表明了她是一个恋爱经历极其丰富的女子。

我已经多次讲过,平安时代,因为恋爱的男女不同居,男女在生活环境上的相对独立性较强，所以也可以说是自由恋爱过剩的时代。就是在这样的时代，她还被最高实权者送上了“多情女”的绰号，这说明了她的恋爱是多么的引人注目。

道长和侍奉自己女儿的著名歌人和泉式部，当然是老相识了。他也曾高度评价她的才能。“多情女”这个绰号，不是出于恶意，而是表达了他那带有亲密意味的揶揄之情。

这个故事，是道长用符合他最高权力者身份的直率的方式，表达了男人们作为异性对于这位散发着不可思议的魅力、俘获男人心灵的美丽歌人的强烈兴趣。

和泉式部和很多男性有过恋爱关系，这件事通过阅读她留下的和歌可以知道。当然，她也正式结过婚，之后成为著名歌人的女儿就是那次婚姻的结晶。但是由于和其他男性的亲密交往，她那并非不爱她的丈夫愤然和她离了婚。因为她的出轨对象是前一代天皇(冷泉天皇)的皇子为尊亲王,这就不能不引起人们的关注了。

下面就介绍一下她的恋爱和歌。

あらざらむこの世のほかの思ひ出に
いまひとたびのあふこともがな

为留此世长回忆
只求与君再相见

和泉式部

这首和歌附有说明写作背景的歌题。内容是:“感到了自己将不久于人世,送给爱人的歌。”大意如下:

“只想和你再见最后一面,这样等我死后到了那个世界,就能把它当作忆起人世间往事的唯一线索了”。

就是说,这首和歌想象着已经死后的自己,为了使自己能够拥有快乐的回忆,而向恋爱对象的男子恳求能够前来见她最后一面。当时由于佛教思想的影响,人们都会想象自己死后的世界,这已经成

为一种普遍的习惯。但是和泉式部却将这种普遍的佛教思想完完全全地颠覆了。为什么这么说呢？因为从佛教的立场来说，对爱欲的执著是必须早早抛弃的，可是她却热切地希望把这种情感带到死后的世界里去。

もの思へば沢の蛍もわが身より
あくがれ出づる魂かとぞ見る

凝神沉思水边萤
彷徨魂魄四处游

和泉式部

这首和歌也是有故事的。据说她有一次被一个男子抛弃，为了治疗心中伤痛，也为了祈祷男子能回心转意，她独自一人隐居在京都北边深山中的贵船神社里向神祈祷，于是便作了这首和歌。大意如下：

“我正在一个人痴痴地出神，突然，水边的萤火虫发出微弱的忽明忽暗的光，从眼前的河面上飞过。那不就是因为太思念所以不知身在何处，从我身体里游离出来、到处彷徨的我的魂魄吗？”

看到这样的和歌，我们自然可以想到和泉式部因为太沉溺于爱情，以至于产生了一种幻视现象。

しら露も夢もこの世もまぼろしも
たとへていへば久しかりける

白露、今世及梦幻
皆是长久永存事

和泉式部

这首和歌也有着说明性的歌题。这首歌是赠给曾与她有过梦一般短暂爱情的爱人。虽然这是一位与她只有过短暂相遇的男子,但是从和歌的内容想象一下,就可以知道和泉式部对他的感情非常强烈。她在向他倾诉,那短暂的相遇无论如何也不能满足自己的思念。和歌的大意如下:

"白露、梦境、现世、幻影,所有这些都是虚幻无常的代表意象。可就是这些东西,打个比喻说也都是长久永存的了——如果和我们那转瞬即逝的相逢相比的话"。

"打个比喻说"等理论性的表达,原本是不可能在以短小精美为原则的和歌中出现的。但是和泉式部却大胆地运用了这种词语,来追求对自己爱情更加强烈的表达方式。从某种意义上说,在那个从容优雅的爱情和歌才是社交生活里极其重要的润滑油的时代，和泉式部却是以一种轰轰烈烈、无怨无悔的认真和执著，全心投入地爱着。她成为“多情女”，也是因为她正是为了追求理想中的爱情而游离出肉体的灵魂本身。

以刚才所举的“白露、梦境、现世、幻影”的和歌为例，她所情真意切地倾诉的男子，究竟给她回赠了一首什么样的和歌呢？因为就是从礼貌上来说，回赠和歌也是必要的。可是，我们可以想象，男子一定是被她执著的热情吓倒，只能随便应付一首和歌就落荒而逃了吧。

实际上，和泉式部的和歌，比起她生活的平安时代，在其死后的时代反而逐渐声名鹊起了。与这种倾向相一致的是，被敕撰和歌集收录的她的作品，完全不敌直接表现她喜怒哀乐的个人歌集《和泉式部集》。后者在后世得到了极高的评价，拥有世人广泛的喜爱和尊重。

与此相关联，我们不得不提及和泉式部一生中最有影响的恋爱事件。那就是和前面提过的为尊亲王的弟弟敦道亲王之间的爱情。就是说，她先后成为天皇的两位皇子的情人。

仅仅和为尊亲王的交往这一个事件，就是一个极大的丑闻了。为此，她的丈夫橘道贞和她离了婚，她父亲儒学者大江雅致也宣布和她断绝关系。可是，为尊亲王两年后就因染上流行病而死。她悲伤不已，沉浸在痛苦之中不能自拔。这时，出现在她面前的是为尊亲王的弟弟敦道亲王。他先是小心翼翼地安慰她，继而就笨拙地向她表达了爱意。

据推算，和泉式部比为尊亲王年长5岁左右。敦道亲王成为她情人的时候，大约23岁，而她已是30岁左右了。和泉式部和最初自己把他看做小孩的敦道亲王，不久就陷入了热恋。敦道亲王甚至无法忍受这位在男人中左右逢源的著名女性独居别处，遂不顾世人的指责，将她拉进自己的府邸和她同居。亲王的原配夫人当然不堪忍受这样的屈辱，于是愤然离开了府邸。

当然，两人的恋情成了震撼京城的爆炸性丑闻。就像是要和这丑闻对抗似的，亲王甚至刻意采取了将和她之间的恋爱大肆宣扬的行动。她最初好像时常有痛苦之感，但是不久就断然跨越了心中的这道坎，也深深地爱上了这位年轻的皇子。

但是，这是怎样的不幸啊，就是这位眉清目秀的诚实男子敦道亲王，也在他们相恋4年多之后忽染重病而死。我们可以很容易地想象到她的悲叹。她为亲王的死作了124首挽歌。这些挽歌，就是在数量庞大的她的和歌之中，也形成了一个高峰。这也可以算是日本诗歌史中的一个顶点。

黒髪の乱れも知らず打伏せば
先づ掻き遣りし人ぞ恋しき

不知枕上黑发散
思念轻抚乱发人

和泉式部

平安朝贵族社会女性的头发之长是今天的女性无法相比的。那一头黑发,平时就寝时都是整整齐齐地理好,静静地堆在枕头的上面。在这首和歌里,讲的是那么重要的长发散乱在被褥上,所以理所当然可以想象这是二人激情过后的情景。和泉式部在歌里吟唱道,深深思念在缠绵之后马上就爱抚自己长发的那个人。正因为是与肉体相关的活生生的记忆,所以对于死者的哀悼之情也就无比深切。

君恋ふる心は千々に砕くれど
一つ失せぬものにぞありける

恋君之心碎千片
片片里有恋君心

和泉式部

从这儿也可以看到和泉式部和歌的特色——富于理论性。逝者已去,这颗爱你的心,已经碎成了千万片。可是,每一个碎片中,都包含着我爱你想你的心。所以,对你的爱恋,其实一点都没有失去啊。

捨て果てむと思ふさへこそ悲しけれ
君に馴れにしわが身と思へば

舍身向佛心伤悲
只缘此身为君生

和泉式部

“已经没有再活下去的意义了。可是每当决心要遁入佛门,削发为尼,就会更加悲伤。因为,就要抛弃的我的这个肉体,正是亲爱的你曾那么爱着的宝贵的身体啊”。

这样的和歌,是同时代无论多么才华横溢的女性诗人,也绝写不出来的类型。这是充满了自我执著和自我省察的和歌。

就这样,和泉式部的和歌,几乎到达了哲学的领域。

はかなしとまさしく見つる夢の夜を
驚かで寝る我は人かは

已悟无常世
却无惊惧心
夜深即熟睡
吾是人非人?

和泉式部

这首和歌,可以说是带有哲学意味的作品之一。

"这个世界是虚幻的,我已经亲眼看到了。可是,就是在这样无常的世间,我居然会毫不惊惧,夜里还能熟睡。我这样还能算是人么?"

这首和歌的结尾的"我还能算是人么"的疑问,实在是痛切之至。在和泉式部的内心,有另外一个活在本质世界中的她,凝视着在现象世界里生存呼吸的她。然后就对着那个到了夜晚就会平静入睡的女人质问道:"你究竟还是不是人?"

在11世纪初就能够创作出如此有思想的爱情诗,这样的女性诗人在全世界诗歌史上到底有过几人呢?思考这个问题,真是件兴味盎然的事情。

六

在这一章的最后，我想简单地讲一讲在13世纪的第一年就以49岁的年纪去世的女性诗人。这是一位无论从出身阶级还是个人经历，抑或是作品的风格，都与迄今为止我们所讲述的笠女郎及和泉式部等迥然不同的诗人——式子内亲王。

她是在平安时代的最末期出现的独特诗人，擅长以极其细腻的感性刻画孤独的内心风景。笔触如锐利的刀锋，刻痕清晰鲜明。

式子内亲王是后白河天皇的皇女。她有同父异母的哥哥二条天皇、弟弟高仓天皇，同胞哥哥出色的僧侣歌人守觉亲王，以及在与平家的战斗中阵亡的以仁王，还有3个姐妹。在她母亲的家族中有着很多被敕撰和歌集收录作品的著名歌人，而她的才能就是在其中也是出类拔萃的。

在她生活的时

代，出现了与《古今和歌集》相媲美的、在日本和歌史上占有显著地位的一部优秀和歌集——《新古今和歌集》。这部和歌集收录了她 49 首作品。在女性当中是无可争议的第一，第二位只不过有 29 首，当然这也很多了。从歌集整体来看，第一位是备受编者青睐的、入选 94 首和歌的大诗人西行①，其后三位也均为重要的男性诗人。但即便如此，她也是紧随他们之后的第五位，由此可以看出她的作品受重视的程度。

曾经在平安时代的政界和文化界一手遮天的藤原家的全盛时代，已经一去不复返了。由地方豪族兴起的新兴阶级——武士阶级争相控制天下，于是战乱频仍、血风腥雨的时代来到了。天皇家族也不能无视世间的潮流而超然度外。

式子的父亲后白河天皇对于歌谣抱有异常的兴趣，他最伟大的功绩就是编纂了《梁尘秘抄》。这是一部平安时代广为流传的佛教、神道歌谣及生动描写黎民百姓生活的民间风俗歌谣的集大成之作。另一方面，他也是一位以新兴的蛮勇武家势力及

① 日本平安时代末期、镰仓时代初期的歌僧。

自古以来的权门藤原家的头领们为对手，极尽玩弄权术之能事的老谋深算的天皇。

而式子内亲王作为一个皇女，只能在沉默中看着伯父崇德天皇、哥哥以仁王和年幼的外甥安德天皇等一个接一个地成为政变和战乱的牺牲品，死于非命。仅此一点，就足以使一个孤独的、耽于冥想的女性诗人得以诞生了。但是她还不得不从少女时代就开始以处女的身份，在天皇家的守护神贺茂神社中，连续10年以上担任了斋院这样一个神圣的职务。

所谓“斋院”，是指作为天皇的替身而侍奉神灵的女性。只要身在其位，就必须和俗世间的一切断绝关系，过着一种清净无欲的生活。就这样，式子内亲王从青春时代到成年女子，从没有感受过一个普通女性的生活。当然，在那漫长的岁月里，也不可能有恋爱的机会。

正因如此，她作品中最有名的是一首表现忍受暗恋痛苦的恋歌，这真是极具戏剧性的事情。

这首和歌其实是虚构的。当时经常举行有许多歌人参加的歌宴，在宴会上歌人们都会按照自己被分到的题目竞相咏歌。这首和歌就是她根据“忍恋”这一歌题所作的。

所谓“忍恋”，就是绝不能被别人知道的爱情。而最重要的一点，就是对爱着的人，也必须一直隐瞒自己的感情。一般来说，人们都希望最先让对方知道自己的爱恋吧。但是在“忍恋”

之中，抱有爱情的男子或者女子，即使熊熊的爱情之火灼热难忍，也必须将一切都严严实实地藏在自己心底。因为只有这么做，对对方无限的、纯粹的憧憬才能一直完美无缺地保留下来。

当然，爱情要奔涌而出，但是，还必须拼命压抑。在这种无奈的矛盾之中，有着爱情最强烈、最美丽、最痛苦的本质——这就是“忍恋”的理论。

下面，就来看看这首和歌——

玉の緒よ絶えなば絶えねながらへば
忍ぶることの弱りもぞする

命欲绝时直须绝
莫等不堪忍恋时

式子内亲王

“玉绪”，原意是指串珠子的丝线或是细绳，后引申为穿起“命”的线，甚至“命”本身。和歌的大意是：“我的生命(之线)哟，要是能砰然崩断的话就崩断吧。因为如果这样一直活下去的话，我那曾苦苦隐瞒着的爱情，最终就会忍受不住而显露出来，被人们所知晓了。"

关于式子内亲王的传说之一，就是她和比她小大约10岁的、当时最有名的歌人藤原定家之间，曾经有过秘密的热恋关系。这个传说未必全是虚言。式子曾拜定家的父亲、大歌人藤原俊成为师，请他指导她的和歌。俊成著名的歌论书《古来风体抄》就是应她的要求所写的。出于这种关系，定家也会经常在父亲的陪同下，或是单独伺候在内亲王的身边，和她亲密地交谈。

虽然没有明确的证据证明二人真的是一对恋人，但是定家的和歌创作能力在式子死后一落千丈，也许说明了他对内亲王有过强烈的爱慕之情。至少因为存在着刺激人们这种空想的要素，所以在后世的能乐剧中，出现了许多以二人间激情的恋爱传说为主题的剧作。

咏出"命哟，欲断则断"这种热烈的"忍恋"之歌的作者，与这些传说绝对是非常相配的。

我们再从内亲王的和歌中引用一首，来作为这一章的结束吧。

見しことも見ぬ行末も仮初の
枕に浮かぶまぼろしの内

过去未来皆虚设
同在枕边幻影内

式子内亲王

这是一首非常寂寞的和歌。但是,同时又是一首深深打动人心的和歌。和歌的大意是:“我曾经历的过去之事,和未知的将来之事,都是飘浮在虚幻枕边的幻影啊。”

在这首和歌里,孤独的灵魂一味地躲藏在自己的内心世界里。可是,那只是意味着一个行将没落的高贵阶级的女性,注定要陷进去的孤独境地吗?

也许是唐突的联想吧,如果把这首“过去和未来”的和歌,看成是在充斥着大量杀戮战争和饥饿、传染病蔓延的不幸之地侥幸生存下来的男性或女性的述怀之歌,那它就会是一首使人心灵战栗不止的现代抒情诗吧。

这或许可以说明,式子内亲王的和歌已经超越了单纯的时代和阶级的界限,而将触角伸向了人类普遍现象的世界。

和歌这种形式虽然极其短小,但即使在它那宛如叹息的形式里面,我们也可以感受到诗人真切的情感。以上三位女性歌人的作品也向我们证明了这一点。

关于式子内亲王的和歌,在下一章我们还会再作讲述。

第四章　写景的和歌

——为何日本的诗歌在主观表现上如此含蓄？

虽然我在上一章举过式子内亲王的和歌，但不过只有2例而已。在这一章里，我要以式子内亲王的和歌作为出发点，来探讨一下日本诗歌中最富有特色的一类——写景和歌的问题。首先我们来看一首她的和歌。

跡もなき庭の浅茅にむすぼほれ
露のそこなる松むしのこゑ

野园无人艾蓬生
露底松虫低低吟

式子内亲王

从表面上来看，这是一首吟咏在深秋荒凉寂寞的庭院角落，潜在露珠底下的松虫低鸣浅唱的和歌。这首和歌的大意是这样的："没有人迹的庭院里，丛生的艾草之上结着成串的露珠，从那露珠底下传来了低低的松虫鸣声。"

然而，这首歌当然不是只讲这一件事情。“没有人迹”，是指断绝了足迹，即意味着男人不再来访的女人是这首和歌的主人公。这首和歌在表面的意味之下，隐藏着被男人遗忘了的女人的叹息。“松虫”，是指在日本秋天的庭院里发出优雅鸣声的昆虫，而日语的“松(matsu)”这个发音，在表示“松树”的“松”和“松虫”的“松”的同时，还有动词的“等待(matsu)”之意。

因此，这首和歌中的“松虫”一语，也因为同音之缘有了“等待着的虫”之意。这样苦苦等待男人来访的女人的形象，自然就被寄托在其中了。另外，“结”这个动词，一是表示露珠凝结，同时还意味着内心郁结的状态。还有，“露”这个词语被看作“泪”的暗示，也是日本诗歌修辞上的常见手法。

就是说，这首和歌虽然表面上吟咏在秋日寂寥的杂草丛中，不顾被露水打湿了身子而优雅低吟的松虫，但同时也描写了一位被男人抛弃、像松虫的声音一样美丽高雅的女子，到现在还痴心等待着他的到来，整日悄悄地以泪洗面的样子。

再稍微深入地说明一下，和歌虽然是仅有“五七五七七”31个音节的短小诗型，但日本人为了让它尽可能地产生丰富的效果，发明了把一个词

语的意义进行二重有时甚至是三重层叠的技法。这时，因为以子音和母音的单纯组合为基本的日语音韵构造，具有能够产生出大量的同音异义语的特性，所以反而非常契合和歌的这个目的。“悬词(双关语)”和“缘语(相关语)”等和歌的独特技法就这样产生了。式子内亲王和歌中的“结”、“露”、“松虫”[①]等都是如此。

不管怎样，这种表面上是单纯的风景描写，实际上却是表现一个女人或男人的内心深处真实情感的和歌，是古典和歌中俯拾即得的常见形式。说起来，这种看似漫不经心的描写风景的手法，目的就是只将秘密吐露给能懂的人；而把风景只当风景来看的人，也能够从中获得相应的美感享受。

当然，为了达到这样的效果，就会产生很多规则。繁琐的形式主义因此而膨胀，比起朴素的感动来，显摆知识、炫耀博学的

① “结”一方面表示“露珠凝结”，另一方面又表示“心情郁结”；“松虫”一方面是秋虫的名字，一方面表示“等待的人”，两者都是双关语。而“露”和“结”、“露”和“松虫”都是相关语。

匠人趣味更加受到重视。到了近代，这种诗歌技法和诗歌自身的矛盾已经无法调和，结果就是，太过显眼的“双关语”的技法从此被舍弃了。

但是，在式子内亲王的时代，这些技法不用说还是十分流行的。她就是运用了这种技法，在一个虚构的世界里描写了恋爱中的女子，将秋虫的鸣声和被抛弃了的女子的悲泪同时糅合在了一首和歌里。其实她根本不可能亲自住

在废屋之中，只是根据分得的题目，凭想象描绘出这么一个女子所处的环境，然后把适合这个女子的风景和她内心的伤悲，一起深深地刻进一首短歌里而已。并且，作为读者的我们也会被允许想象，在那位惨遭抛弃的女子心中，也许就有着高贵而孤独的式子内亲王自己的影子。

也就是说，在日本古典和歌中，“被咏唱的人物和作者自身应当是同一个人”这种近代化的现实主义，除了在直接叙述自己的生活、吐露自己的人生观等极其少数的场合之外，几乎是不存在的。所谓“歌人”，就是能在想象的世界里自由自在地变成别人的人。而且，只有在运用这种能力，于作品深处生动地表现出作者自身独有的个性化思想和感情的时候，那作为作者的男性

或女性歌人，才会被看成一位多才多艺的一流诗人。

式子内亲王就是这样的诗人之一。她有充足的理由说：“这位被抛弃的悲惨女子，就是我。”

“题咏”，即根据提前拿到的题目来吟咏和歌的创作方法，是和歌从汉诗那里继承来的诗法之一，在很长的时间里得以实践。即使是现在，“题咏”的爱好者们在短歌（与和歌的形式相同，和歌的现代名称）或俳句（在俳句中特别被频繁应用）的聚会上也还会采用这种创作方法。这种创作方法的最大特点，就在于作者凭借想象力用语言构筑出一个诗化的现实。从诗歌技巧的锻炼这个方面来说，它是非常有效的方法。但是正如我刚才所讲的那样，随着19世纪末近代现实主义的胜利，这个方法已经逐渐被人们淡忘。但是，在近代诗歌发展了1个世纪的现在，现实主义的方法很明显地已经走进了死胡同。在某种意义上来说，我们必须重新发掘可以更加自由地运用想象力的短歌和俳句的方法，这就是诗歌的现状。

二

式子内亲王的和歌，表面上描写的是萧瑟的秋天庭院里的虫鸣，实际上与这种风景相重叠，同时呼出了被男子忘却了的女子沉浸在悲叹中的身影。在此，我想就这种风景和心情的二重性进行一些比较深入的探讨。

对某个风景的描写，原封不动地就会成为某个内心世界的描述——具有这种性质的作品，实质上构成了日本的风景诗或自然诗这一重要分类的根本特征。

正如大家都了解的那样，俳句是日本诗歌中最广为人知的诗型。它就是刚才所说的“自然诗”中的代表。俳句最重要的特点，就在于它在“五七五”这 17 个音节当中，必定要使用至少一个“季语(时节语)”。季语在古代也被称作“季题”，就是现在，这个词语也还在使用。此二者均有“表示四季的词语”、“表示四季的题目”等意。

将一首俳句作品和四季系在一起的结扣，就是季题，也就是季语。例如单说一个“风”字，不是季题或季语。但是，如果把它加以限定，变成“春风”、“熏风”、“秋风”和“北风”的话，那就分别成了春、夏、秋、冬的季题。在这里，能感受到风是“熏风”的时

节，并不仅限于初夏，在春天和秋天，风也可以“熏香”。但是把“熏风”确定为夏天的季语，就是因为在日本人的感觉里面，四季吹拂的风中最宜人的“熏风”，是出现在初夏时节。这是由日本列岛的气象条件决定的。同样的，将“北风”作为冬天的季语，也是因为只有冬天的北风，才最能代表“从北方吹来的寒风”之性质。换言之，这些都是在文化层次上约定俗成的东西。

关于“秋风”这一季语，我想举一首作品来进行说明。

石山の石より白し秋の風

飒飒秋风萧瑟起
堪比石山石更白

松尾芭蕉

这是松尾芭蕉有名的游记《奥州小道》中的俳句。是他感动于乡下古寺内延绵不断的石山那无边的白色而作的。俳句的内容有些特别。它并没有赞美寺内现实存在着的建筑物和树木，

而是仅仅诉说寂寥地吹过石头庭院的秋风的“白”。

这首俳句的大意就是:“现在自己面对着的石山,一片白茫茫,空无一物。而萧瑟吹过的秋风,比没有颜色的石山更白。”芭蕉把“秋风”说成比无色的白石更无色的东西,并且仅此一句就成了一首诗。芭蕉就这样于言外讲出,他喜爱的风景就是无限接近于“无”之世界的东西。此处对于外界风景的描写,也原样成为诗人内心精神的象征。也就是说,刚才讲过的式子内亲王歌中的原理,也同样贯穿于这首作品。

并且,在这首作品的背景中,存在着源自中国传统色彩观的一种观念,使这首仅有17个音节的短诗的内部构造变得丰富而深厚。即根据自古以来就对日本有着巨大影响力的中国哲学的世界观,春、夏、秋、冬在方位上分别对应着东、南、西、北,在色彩上则分别对应着青、赤、白、黑。根据这个理论,秋天就是白色的。一般认为,芭蕉的这首俳句在背景中也暗含有这种观念。

总而言之,无论是和歌也好,俳句也好,日本的抒情诗都常常把外界的描写和内心的感受一体化。当然,并不是所有的和歌和俳句都会这样，但至少这个倾向非常显著，也是不争的事实。

三

可是实际上，这绝不是什么不可思议的事情。有一点无论怎样强调都不过分，那就是，日本古典诗歌的形式，是以极其短小为特征的。即使是长一些的和歌，也不过 31 个音节，而俳句，只有 17 个音节。以这种短小的形式，如果作品自始至终都在写

实地描写外界景色，那它就会在根本还来不及形成诗之实质的时候就必须结束，甚至无法与散文的一节相比。而且在日语里面，西欧的诗歌和汉诗里不可或缺的修辞法——“押韵”，从前面我们讲过的和歌母音、子音单调交替的语言构造来看，也不可能作为一种恒常的、具有普遍价值的修辞法而成立。在日语里，使诗成为诗的修辞上的条件，不是押韵，而是音节数和韵律，即根据一定的音节数而形成韵律的单纯修辞法。

更进一步来说，就是从诗型的短小来看，以能够目睹耳闻的形式来押韵——这种可以明确识别的修辞法，也不太可能存在。

这样，日本和歌和俳句的独特修辞法就必然地产生了。那就是，将眼睛看见的外界事物作为混沌的内部世界的比喻或者象征，在一种主客观不分的状态下予以表现。如果能够出色地运用这种方法，哪怕是像和歌或俳句那样，从外观上来看极其短小的诗型，也应该能成为与它们短小的形式相对照的、在给予读者的情绪上具有多义性的、深奥的语言结构体。实际上，如果我们回顾一下古代以来的和歌的历史就会明白，诗人们是怎样通过一代一代各种各样的努力，把这种单纯韵律结构的短诗型，打造成多么富有复杂味觉的艺术品的。

就是刚才讲过的“双关语”的技法，也不过是那些努力中的一种。

因此，“美”这种东西，必定不会仅仅通过清晰表现在外观上的色彩和形状来决定，而更应该通过不能简单测量的深度、高度和渗透度等尺度来衡量。

四

关于这件事，我想在此就贯穿日本诗歌和艺术全体的“美的原理”讲讲我的想法。

眼睛看得见的形态的美丑，属于可以从客观上进行一定判断的领域。但是，若说美的深度和高度，或者美渗入到人心的程度，却不存在客观判定的尺度。为了测定这些，人们除了各自以自己心灵的深度和高度来测量外，别无他法。因为，方便、现成的判定美丑的尺子并不存在。

我是这样认为的：对象的美，并不是作为一成不变的东西一直明确地摆在那里，而是随着我们内心的变化而变化——这才是日本的传统思想。

这个理论，不仅适用于日本诗歌，还能原封不动地用在日本的绘画、音乐、演剧等其他艺术形式上。并且，所有美学的中心，都是和歌的美学。

在创造美、享受和鉴赏美等方面有着这种特质的日本艺术，其中最敏锐的感觉，也或多或少会和西欧有些差距。即在日本，比起视觉、听觉等非常容易测量、能够明确分节的感觉来，在人体内部产生的触觉、味觉和嗅觉等感觉，的确是一直受到了更多的重视。

这些感觉器官，都有着在黑暗之中愈发敏锐的共性。它们不像视觉或听觉那样能够明确地分节，所以无法精密地识别它们。还有，个体之间的差别也很大。虽然味觉尤为明显，但触觉、味觉和嗅觉在暗、深和不分明等方面，都有着相同的共性。它们都是只要排除杂念就能变得无限敏锐的感觉，但是从外围却无法准确地进行衡量。可是，无论哪种感觉都有着极其实在的存在感，在某种意义上，它们都是比视觉和听觉更能深深吸引和打动我们的感觉。

正如人人都知道的一样，特别在恋爱方面，这是被充分领悟到的事实。

五

在此我想再次强调一下，构成日本和歌的主题中最根本、最中心的，首先就是“相闻”，即“男女之间互相吟咏爱情”这样一个事实。

在古典和歌中，爱情一直以来都是最首要和最重要的主题，我已经在前一章就恋爱的主题讲过了。在此，我想把它和我们现在探讨的问题联系起来，提醒大家注意：触觉、味觉和嗅觉最敏锐且最活跃地发挥作用的领域，不是别的，正是爱情领域。

至少在和歌上，一方面是恋爱，另一方面是这些幽暗深奥的感觉，二者像双生子一样紧紧地联系在一起。

能够表现这一点的作品不胜枚举，在此，我想首先举出下面这首有名的，《古今和歌集》春部的和歌。

はるの夜梅の花をよめる

春の夜のやみはあやなし梅の花
色こそ見えね香やはかくるる

咏春夜梅花

春宵夜沉沉　白梅花绽放
花色故难辨　暗香安可藏？

凡河内躬恒

这是一首吟咏早春之夜梅花盛开的和歌，其大意是："春夜的黑暗，真是太不合常理了。梅花虽然被暗夜湮没了，但是看不见的不就只是花色吗？暗香馥郁，不早就暴露了花的所在么？"

就是说，这是一首赞美即使在暗夜里也芬芳四溢的梅花的和歌。它在《古今集》中被编入了春部，可见这部和歌集的编者们，也正式地承认它是春季之歌。并且，这首和歌的作者，也正是四位编者之一。

但是，我们不能够被这些表现和公开的设定迷惑，分类只不过是一个参考而已。作品本身所讲述的内容，要比表面标签的含义丰富得多。也就是说，这是一首被巧妙地伪装了的恋歌。

在这首和歌里，一方面有着香气扑鼻的早春梅花。梅花和樱花都是当时人们最为喜爱的花。另一方面，还有要遮盖住梅花的东西，那就是春夜的黑暗。这种对立的构图，正构成了这样一种表现对立的隐喻——一方面是被男子爱着的年轻美丽的女子，另一方面是妨碍他前来接触女子的人，即女子的母亲或乳母。所以，爱着的女子的"色"虽然被碍事者掩盖住了，但是她的"香"不还雄辩地显示着她的存在么？这首和歌的主人公(叙述者)这样诉说着无法忘怀的思念，并且还赞美着女子。

我们再从春部引用一首其他著名歌人的和歌。

春のうたとてよめる

花の色はかすみにこめて見せずとも
香をだにぬすめ春の山風

咏春歌

花隐霞中看不见
山风请偷花香来

良岑宗贞

作者后来遁入佛门,改名"遍照"。出家之前他是宫廷社会里一位充满知性的贵族公子。这首和歌也是如此,特意在题目上注明是春歌,但实际上应该是恋歌吧。在这里,花指的是樱花。大意是:"花儿美丽地绽放,可是春天用霞把花儿都盖得严严实实,不让我看见。那么请至少把花香偷偷地送来吧,春天的山风哟。"这两首和歌都非常强调嗅觉的重要性,这是非常具有象征意义的。

总而言之，大家应该明白，这首和歌与凡河内躬恒的和歌有着完全相同的立意。前面我也讲过了，深闺里的女子和守护她们的母亲或乳母的对立，在平安时代的贵族社会里是极其普遍的。恋爱中的男子，必须要突破她们坚固的防线，才能获得心上人的“香”。

因此，恋歌本身，就不得不受这种状况的影响。也就是说，恋爱中的男子，因为多数不能公开向对方表露自己的爱情，所以他们必然要将恋歌用季节或其他要素加以伪装，从而暗地里传递心情，这就使得这种技法得到了充分的发展。

当时，日本的求爱和婚姻的形式与现代不同，男女即使在交往中或婚后，也都是分别住在各自的家中。一般是男方趁着夜黑和女方幽会，又在拂晓时回到自己家中。刚才讲的和歌技法的发展，就与这种生活方式有着很密切的关系。无论男子或是女子都会严守秘密，连自己现在有没有固定的配偶，都不会让世人知晓。

出于这个原因，一方面对别人隐瞒自己的恋爱状况，另一方面，对恋人则用一种类似暗号的语言来充分地传达自己的心情，这才是恋人们最佳的处理方法吧。

当然，这只是假设一种极端的情况。但就实际来说，类似的传说有很多。我们可以在像《源氏物语》那样的长篇爱情小说中，找出许多这种有关男女关系的例子。

在这样的情况下，恋人们之间彼此传情的最重要的方法，正是和歌的赠答。相闻（恋爱）是和歌的根本，也正是出于这个原因。

然后，恋人们因为受到刚才讲的那些制约，所以理所当然地会创造出相应的表现方法并加以精练。也就是说，刻意模糊主语，或是省略主语；不直接叙述事物，而是使用比喻或暗示，徐徐地渗透；甚至巧妙地模糊恋歌的内容，只是单纯刻画四季风景和自然界的景物之美——这样的和歌被大量地创作了出来。只要能将深情厚谊传达给自己思念的人就行了。

何况，就像众所周知的那样，日语最大的特征就是文章本身常常会省略主语。特别是在平安时代，几乎没有将相当于主语的词语(我、你、他等)明确表达出来的情况。比如西欧语言中的“我爱你”这种句型的表达,在日语里只需说“爱”,人们就可以根据其时其地的情景而清楚地了解其含意。

因此,在日语里,句子正因为被极度压缩,所以才更富于多义性和重叠性。当然,这也就使充满暗示的言语表现成为可能。

可是,由于这种性质,又产生了日语的另一个重大特征(有时也会被看成是日语的重大缺陷),即主语消失或极端的稀薄化。我认为这种特征不仅限于古典日本诗歌,更是支配包含日本近代诗歌或散文在内的,日本人的全体表达意识的一个重要特征。这点在我看自己作品的法语译文时特别有体会,简直可以说是惊人的事实。

六

即使在语言的形式里没有明确地显示主语,也基本不会对会话产生影响。日语的这种特征,暗示着日本人的整体语言意识中存在着重大问题。因为某种语言的语法特征就是使用那种语言的民族语言意识的反映,所以日语句子构造中主语模糊这个无可否认的事实,也就直接表明了日本民族当中主语意识的淡薄。

我们就是在现在,也会经常遇到由此事引起的问题。日本人除了个别人之外,普遍地不善于外交上的讨论,有着本能地希望逃避论战的倾向,我想这也与日本的语言有着很大的关系。明确地发出主语,将自己与他者明确地区别开来,坚决地贯彻作为发话人自己的主张——这种做法,在一直以来培养日本人言语意识的"日语"的摇篮里,并没有成长为一种明确的形式。

总之,我们可以这么说:这种语言特征,在日本的和歌,特别是其中最重要的恋歌里,以最浓缩、最凝练的形式表现了出来。最能总结一个民族的文化并把它表现出来的,就是这个民族的诗歌。而在日本,爱情的和歌首当其冲。就像我已经反复提过的那样,在日本,恋歌可以同时是风景诗或自然诗,这大概是在世界任何地方都看不见的独特性吧。

反过来说,在日本,歌唱风景和自然的"叙景歌",实际上更多的是作为歌唱恋情的"抒情歌"来发挥作用的。在像《万叶集》和《古今和

歌集》那样最古老、最重要的和歌集中,这种特色尤为明显。

叙景和抒情一体化的特色,早在 7 世纪和歌兴起时就开始繁荣,一直到 12 世纪末之前的整个平安时代,都保持着旺盛的生命力。

七

将风景作为纯然的风景来捕捉,运用像 19 世纪印象派的先驱画家那样的巧妙手法,将动和静、光影的多彩变化、季节的推移等再现出来的一群自然诗人,出现在 13 世纪末到 14 世纪前半期。这正是平安时代落下帷幕,以武士作为政权主人的镰仓时代开始后,大约过了 1 个世纪。

他们的作品收录在《玉叶和歌集》和《风雅和歌集》这两大敕撰和歌集中。他们中的代表作者京极为兼、伏见天皇、妃子永福门院等的和歌,充满了对自然的动态描写,使人能够感受到自然界的风光。平安时代的写景和歌,基本上是作者内心风景的再现,充满了主观性。与此相对,镰仓时代的风景描写,则吹进了时代的新风。

也就是说，他们的和歌可以使我们清楚地感受到，他们并不主张看到自然景物就要把它放进主观性怀抱里的那种主观主义，而是采取了这样一种客观主义的态度——在面对时时刻刻不断变化着的自然界时，自己变成精巧的照相机镜头来拍摄它。

只躲在自己主观性的内部，一味沉醉在甚至分不清主体和客体区别的抒情世界里——平安时代漫长的朦胧时期，终于一去不复返了。无论帝王还是贵族，他们都不得不在新时代的激烈动荡中觉醒，重新认清自己的位置。那也许就是重要的内因吧，他们和歌中吟咏的自然，充满了一种活泼的动感。

我们来看看伏见天皇的和歌。

宵のまの村雲づたひ影見えて
山の端めぐる秋のいなづま

入夜逐云光影飞
环绕山端秋闪电

伏见天皇

这首和歌的大意是：“入夜后眺望天空，看到秋天的闪电沿着四处飘荡的朵朵团云闪着光，落到了山顶上面。”“影見えて”的“影”，原来就是指“光”的，这儿也是如此。

闪电并不只停留在一处，而是不断地跳动。通过这首和歌我们可以看到，被那些闪光的变化和连动深深吸引的作者，已经没有时间去考虑自己的主观意识，而是完全沉浸在了那情景之中。

月や出づる星の光の変るかな
涼しき風の夕やみのそら

明月欲出星光淡
悠悠凉风夕暗天

伏见天皇

伏见天皇的这首和歌，与前一首非常相似。作者被傍晚时星光明亮度的微妙变化所吸引，发出了“月亮就要出来了吗”的喃喃自语。在这一句当中，他那细腻和敏锐的自然感觉也发挥到了极致。

在此我感到饶有兴味的是，这首镰仓时代后期的和歌，已经完全跳出了平安时代和歌的圈子，没有对和歌内容作任何深层解释的必要了。也就是说，在这儿，诗的语言成为单义，不需要再从其表面意义的背后探求其隐藏的含义了。

这是因为，这些和歌都是以把风景纯粹当风景看的态度写成的。换言之，近代以后写实性的叙景诗歌，已经在此作了出场的预告。对于我们日本人来说，《玉叶集》、《风雅集》里的写景和歌，虽然是500年前的作品，但是我们却感觉非常亲近，几乎感受不到时代的巨大差异。为什么会这样呢？因为这些和歌根本没有触及诗人内部的幽暗心情，反而成为拍摄外界的极其精巧的镜头，一味客观地捕捉自然风景。由主观性和客观性相融合而酝酿出的幽深阴暗、有如内脏感觉一般的世界，在此已经难觅踪影，明晰的视觉再次占了上风。

下面，我想举出伏见天皇妃子永福门院的和歌。她与平安末期的式子内亲王一样，是在日本诗歌史上占有重要地位的中世大诗人。但是，父亲是藤原氏出身的大政治家，自己又成了天皇妃子的她，也和式子内亲王一样，不得不生活在战乱频仍的时代。丈夫伏见天皇死后不久，朝廷就分裂成了南北两个，互相争斗，所谓的南北朝时代开始了。在个人生活当中，也是因为亲人们一个接一个地离世，她经常沉浸在深深的无常观里。

她活到了72岁，在当时算是长寿了。从她年轻时开始，其和歌就充满了静谧的安详，在她作品的背后，可以感受到一种透明的、来自天上的空灵。

山もとの鳥のこゑより明けそめて
花もむらむら色ぞ見えゆく

山脚鸡鸣曙色渐
山花斑斑入眼帘

永福门院

"山脚下的鸡和其他鸟儿一开始鸣叫，天就渐渐地亮了。山樱花也浓淡有致地次第映入眼帘"。"むらむら（浓淡深浅）"，就是指有的地方浓，有的地方淡，色彩不均匀的样子。

这首和歌也与伏见天皇的和歌相同，诗人把自己还原成向自然界开放的视线本身，紧紧追随着外界时时刻刻的变化。她完全化作了眼睛。

换言之，在这里，诗人的自我意识无限地接近于无，他们只是极力去成为澄明的视线。恋歌中所见的"主语"的淡薄化，在此也被推向了极致。

再来看一首她的和歌。

真萩ちる庭の秋風身にしみて
夕日のかげぞかべに消えゆく

秋风袭人萩花落
夕阳返影入壁中

永福门院

“胡枝子花落英缤纷的庭院里,萧瑟的秋风寒气袭人。夕阳的余光,消失在墙壁里面”。在这里,不可思议地给人留下深刻印象的是“消失在墙壁里”的诗句。

如果只是作为通常的物理学现象的话,无需赘言,这里不过是指夕阳的余光慢慢地在“墙壁上”变淡、变薄,不久就消失的自然现象。但是,从这首和歌里的日语表现本身来看,可以认为是写夕阳之光渗进了墙壁的内侧。本来,光线是不可能渗透进固体墙壁内侧的,可是在诗里,这就变成了可能。而且,我们还应该特别强调,在日本诗歌中,这种“渗透”的感觉,是人们极其钟爱的一种感觉。

我在刚才讲过,在日本的美学意识中,触觉这种感觉非常重要。“渗透”的感觉,真正可以说是触觉中的触觉了。

下面是《奥州小道》中的一句,只要是对松尾芭蕉多少有些了解的人,一定不会不知道他的这首俳句吧。

閑かさや岩にしみ入る蝉の声

深山幽静

蝉声渗入岩石中

松尾芭蕉

这也是一个绝妙的好例子。本来物理学上不可能发生的渗透行为,因为是在诗的空间里,所以就变成了可能。

被苍郁的树木和奇石覆盖着的夏天的山寺,蝉在不知疲倦地高叫着。那声音高亢、尖锐而执著,变成了一种极其集中的力量,甚至渗进了坚硬的岩石。岩石被蝉声所渗透的视觉构图,这种通常不可能发生的现象,在诗的空间里就很容易地发生了。这首俳句,显示了这样一种感性的真实。

在此所有的,就是清虚的寂静。芭蕉只是在入神地倾听那一山寂静。他在此化身为倾听,化身为自我集中力本身,已经超越了听什么声音这

样一种理性上的识别，只是在内在的空间里，随意飘荡。

这种内在空间，是个矛盾的说法——是一种心神集中的恍惚的空间，同时也是一个冥想的空间。

的确，在心的世界中，“集中”和“恍惚”（忘我）绝不是矛盾的，不如说，心里存在着一个它们两者彼此成为镜子的统一空间。被叫做“诗人”的这一种族所呼吸着的，无论过去还是现在，都是这种心的空间里的空气。

活在芭蕉300年之前的一流的女性诗人，作为天皇的妃子不得不生活在动乱时代的冥想诗人永福门院，在她凝视的眼中，墙壁上的夕阳之光与芭蕉渗入岩石的蝉声相同，穿进了墙壁。永福门院飘荡着的，与芭蕉飘荡着的一样，是一种心神集中的恍惚的空间，一个冥想的空间。

八

话说回来，我把这次讲座的题目，叫做“写景的和歌——为何日本的诗歌在主观表现上如此含蓄？”

为什么取了这样一个题目呢？这是因为，自古以来在西欧的诗学中，“诗”被分为三大种类——叙事诗、抒情诗和戏剧诗。

日本也沿袭了这种分类方法。就是在学校学习文学史的学生们，也被灌输了诗歌有叙事诗、抒情诗和戏剧诗之别而并不作深究。

然而，在日本，还大量存在着不能归入这三种分类的诗歌。那就是描写风景本身的“叙景诗”。我们也可以使用比“叙景诗”更高层次的概念，把它们称作“自然诗”。

我想在这里明确指出，“叙景诗”或者“自然诗”，从古至今都在日本所有形式的诗当中占据着中心位置。

并且我还想说，令人吃惊的是，“叙景诗”或“自然诗”的中心主题，完全不是具有明确轮廓的客观的自然描写。正是在这儿，有着日本的“叙景

诗”或“自然诗”中最有趣又最难以捉摸的特质。

被伪装成恋歌的写景和歌，是日本古代和歌中的重要遗产。

写景和歌作为通往充满冥想的超越性的心之空间的道路，形成了中世和歌和近世俳谐的高贵传统。

不论哪种情况，作为“客体”的自然风景的坚固轮廓，都被有意识地模糊了。说起捕捉那些景色的感觉，也是比起视觉和听觉来，触觉、味觉和嗅觉更加受到重视。有意识地将各种感觉混合起来，是诗人们喜爱的手法。我们再来举一个例子，还是平安时代的歌人凡河内躬恒。他以在春水上漂浮的花朵为主题，创作了这首和歌。

やみがくれ岩間を分けて行く水の
声さへ花の香にぞしみける

暗水流深分岩去
幽静水声渗花香

凡河内躬恒

流水在黑暗中分开岩石，这当然是敏锐的触觉世界。还有，流水的声音甚至渗进了花香，这只能说是听觉和嗅觉、再加上幽微的味觉等全部调动起来的、综合性的感觉世界。10世纪的日本诗人，很早就在实践类似“波德莱尔通感”那样的各种感觉的综合运用了。

并且，这并不是单个诗人的特殊行为。

从这个例子中我们可以得知，日本古典诗人们的言语意识，从很早的时代开始，就具有了成熟的唯美主义的倾向。

相反，明确自我和他人的区别，从与他人的不同中找到个性化自我主张的根据，将竞争和斗争看作理所当然的态度，除了藤原定家那样极少数的例外，在日本诗歌史上基本是看不见的。就是定家，也不是总在和他人争辩。

这种普遍性，无需赘言，在漫长的历史过程中，多少会发生一些变化。特别是在过去1个多世纪的近代日本，发生各种变化也是在情理之中的。不管怎么说，日本的近代是在极力学习将个人主义和自我主张视为当然的西欧模式。

然而，如果我们来看诗的表现，就会知道从1000多年以前就已经高度发达的日语诗歌表现的总体，还是从本质上支配着身处现代的我们的言语意识。

我想，我这次只是简单介绍"叙景诗"和"自然诗"的悠久传统，也是至今仍然最为活跃地发挥作用的传统。同时，这也是在表达主观意思上极其含蓄的传统。

第五章　日本的中世歌谣

——构成“明亮的虚无”之背景

一

想要论述日本诗歌的人，一般来说，都会拿出很大的篇幅去讲和歌、俳谐（近代以后叫做“短歌”和“俳句”）以及近代的自由诗。对于20世纪的多数日本人来说，这三种诗型就代表了日本诗歌的全部。

可是，直到19世纪末以前，在超过1000年的历史中，这样的想法却被人们当

成和现实严重脱节的、幼稚的想法而不屑一顾。为什么要这么说呢？这是因为在漫长的岁月里，对于贵族、武士、僧侣和俗世间任何阶层的人们都极其重要的诗型，就是在中国诗的影响下形成和发展起来的“汉诗”。尤其对于日本的知识阶层来说，这甚至是最为重要的表达思想的手段之一。

“汉诗”这个称呼，当它不只意味着中国人所做的诗，更是指日本人所做的中国形式和风格的诗时，就被赋予了特别的意义。而其中最为明显的特征，就是作品全部都是用中国的文字——汉字书写，形式上也严格遵循中国诗体的规则。如前所述，日本人8世纪在中国文字的基础上发明的“平假名”和“片假名”，是既方便书写又便于记录日语口语的最佳方式。而“汉诗”则是完全没有使用这两种文字的、由日本人所做的诗。

直到日本近代化开始的年代，不，一直到19世纪末之前，以这种方式书写诗的传统，持续了1000年以上。这件事本身就具有深刻的意味，但是在此，我并不打算深究，而是要把话题转移到另一个问题上。那是因为，除了“汉诗”、“和歌”和“俳谐”以外，在日本诗歌史上还有另外一种非常重要的诗歌形式，它就是

"歌谣"。其最大的特征就是，它是按照一定的节拍和旋律，有时还有简单的乐器伴奏的诗歌作品。

因为歌谣必定要发声吟唱，多数时候还伴有舞蹈动作，所以要记录它们，就必须要使用适合日语口语的文字。理所当然地，和汉诗迥然相异的、以假名文字为主体的形式，就成了记录歌谣作品的一般形式。并且，"歌唱"这种行为，在非常重视规则的同时，又不断地脱离规则，自由奔放地追求诗歌新的形式和内容。这样，日本的歌谣在漫长的历史中，不断呈现出丰富多彩的变化。

追根溯源，汉诗在其发源时期，出现了菅原道真那样的大诗人，在之后千年的历史当中，也涌现了许多僧侣、儒者和文人，画家及其他艺术家，武士、政治家和革命家，另外还包括一些女性。在不同时期，富有个性的杰出诗人辈出。

与此相对，歌谣基本上都是连作者都不明确的作品。这可以说是歌谣区别于汉诗、和歌和俳谐的一大特征。

我想，其实正是这种"无名性"，成了在所谓"文学史"这种极其近代化的定义中，歌谣一直受到不适当的低评价和不公正对待的理由。这是因为近代,特别是日本的近代文学,首先要求作品要充满个性和独创性。日本近代文学的浪漫主义试图在作品的片断中,而不是在整部作品里,试图在萌芽的阶段中,而不是在成熟里,试图在意图中,而不是在结果里发掘这种独创性。结果却在歌谣的"无名性"当中发现了被磨灭的个性、游戏的随意性和陈旧的前近代性,认为它因"无名性"而缺乏对个人意识确立的追求,所以很难成为学术上认真研究的对象。

在这件事情本身里,就存在着近代文学的局限性。因为一味地追求"个性"和"独创性",就不能充分汲取蕴含在"无名性"中的丰富养分。这也可以说,日本的近代化是因为试图在极短的时间里赶上西洋已经到达的高度而不可避免地出现的偏离。至少在艺术和文学方面,近代化以前和近代化以后的文化传统之间,不可否认地存在着荒芜的断层。

在近代日本文学研究史和文学发展史上,歌谣一直受到不公正的评价,这个事实为讨论日本近代文学整体成就的问题提供了绝好的材料。至少我个人是这样考虑的,正是在这一点上,现在重新评价《梁尘秘抄》和《闲吟集》才更有意义。

歌谣在近代不被重视,还有另外一个原因。那就是,虽然在歌谣的作者当中不乏作品质量堪称一流的优秀诗人，但他们大都属于社会的最底层。他们中特别重要的构成部分，就是以不特定的众多男性作为交往对象的妓女，以及被称作“傀儡师”的玩偶艺人等四处流浪的三教九流的卖艺人。他们从社会阶层上来说，都是属于最下层的。但是，在他们中间有很多令人惊叹的歌手和演奏家，有时社会最上层的人们，即包括天皇在内的高级贵族和武士们，都会对他们的艺术抱有极大的兴趣甚至敬意，有时还会把他们尊为师傅而给予厚遇。

也就是说，歌谣饱含着不受近代市民社会价值观束缚的要素。把“个性”和“自我”的主张作为第一要素的近代主义，在此不能成为有效的判断标准。因为歌谣具有太多“超个性”的、“纵贯阶级”的性质。

比如说，在作品的文本上，能根据歌唱的时间和场所不同而随机应变地改变歌词的部分内容，或是改动原作使之成为一个新的作品。有时，这种改变甚至还能博得赞赏。近代思想要求文本严密的自我同一性，把优先保护作者的著作权视为当然。而歌谣的这种自由奔放，就像是嘲笑近代思想一般。这正是歌谣的本质属性，也是它熠熠生辉的特征。

二

无需赘言，歌谣是在文字产生很久以前，几乎与人类的口头语言同时诞生的原始的文学形式。在日本，从古代遗迹发掘出来的土制的人形雕刻之中，发现了在大鼓伴奏下歌唱舞蹈的偶人。由此我们可以想象，歌谣那时已经成为古代人的信仰活动和劳动中不可或缺的要素。

大约是那时被歌唱的歌谣的片断，散见于日本最古老的历史文献——均于8世纪初完成的《古事记》和《日本书纪》，以及在同时期完成的记录诸国历史、地理和物产的《风土记》中。《古事记》和《日本书纪》都是正式的历史书，它们中记载的古代歌谣有将近200篇，而其中相当一部分，都是能够深深打动现代人心的关于恋爱和生离死别的歌谣。

从那以后，歌谣一直被社会的各个阶层所吟唱、表演。但是，汉诗以及和歌，都直接作为敕撰汉诗集和敕撰和歌集，或者以更为广泛的形式流传的各种私撰汉诗集

与和歌集，一直受到重视、传抄并得以保存下来。与此相对，歌谣在口头歌唱之后，其大部分就随风飘散了。除了像在《古事记》、《日本书纪》和《风土记》中那样，偶尔被体现天皇和政府权威的书籍所记录而幸运地得以保存下来的少数歌谣之外，大部分的古代歌谣都散佚了。

此时，对这种状况真心地感到忧虑、立志将自己所热爱的歌谣从全国收集起来、编纂一部歌谣全集的人物出现了。无论是从地位上，还是作为一名歌谣作者的才能上，抑或是对歌谣的热情上，他都是超出了其他任何人的当之无愧的头号人物。这就是后白河天皇。古代末期，源氏和平氏这两大新兴的武士势力，取代了占据政治、文化中心长达 400 年之久的贵族藤原氏，成为新的政治中心。后白河天皇正是在这个从古代到中世的转换期登上帝位，并亲自实行强权政治的人物。

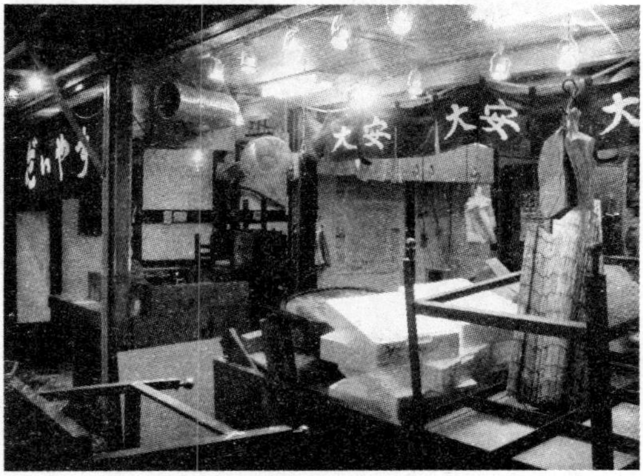

后白河天皇在位仅 3 年就让位于第一皇子(二条天皇)，自己则作为太上皇牢牢地掌握着实权，以比天皇更为强大的权威君临天下。即使在不久就出家成了法皇以后，他依然大权在握，操纵着政局。

退位后的天皇掌控实权的制度，是日本古代末期极其特殊的制度。这种被称作“院政”的制度，在白河、鸟羽和后白河三位天皇时代得到了特别的发展。这三位太上皇的权力都是极大的。后白河天皇在长达五代天皇治世的34年间，一直在天皇背后把持着实权。

当时政界正值平安时代末期的动荡时代。在以藤原氏为代表的贵族势力和源氏、平氏两大武士势力这三强你死我活的斗争中，后白河法皇暗中弄权。他的老奸巨猾，曾令源氏的大将源赖朝把他说成“妖人”而切齿痛恨。

这样的人物，同时又是一个罕见的歌谣爱好者，不仅如此，还是当时屈指可数的歌谣作者，这可谓是历史导演的一出精彩的人间喜剧。

他从少年时代开始，就非常热爱当时最流行、最现代的歌谣。他给那些歌谣起了个名副其实的名字，叫做“今样歌”，通称“今样”。

歌谣不断地涌现出新作，不断地被表演和吟唱，其曲调和歌唱方法也是多种多样、丰富多彩。尽管如此，后白河法皇还是担心它们因为没有被文字记录下来，而会被渐渐淡忘，因此他想到了编纂一部今样的集大成之作。他命令臣下们奔赴全国各地收集并记录歌谣。不仅是歌词，还让他们详细记录了各自的歌唱方法和歌曲特征、演奏方法等。这就是《梁尘秘抄》20 卷。其中从第 1 卷到第 10 卷是歌词，别集第 1 卷到第 10 卷，则据推定是涉及演奏细目的指导者、注意事项等内容。

之所以要说"推定"，是因为实际上《梁尘秘抄》现在除了第 1 卷的少数部分和第 2 卷的全部，以及后白河法皇自身学习今样的意味深长的自传之外，其他的全部都散佚了。就是现存的极少部分，直到 20 世纪初的 1911 年偶然在京都被发现，给少数一流诗人和小说家以冲击性的影响之前，在大约 8 个世纪的时间里，基本上成为传说中的梦幻之书。

现存《梁尘秘抄》的作品大约有 560 篇，从整体来看，只不过是极少的一部分而已。但即便只看这些极少的现存作品，我们也可以想象得出，这本书所收录的 12 世纪后半期的日本的歌谣作品，无论是在质上，还是在量上，其丰富多彩都超出了我们的想象。它大部分的散佚，实在是一件令人痛惜的事情。

三

在介绍几篇《梁尘秘抄》的作品之前，我想先简单地讲述一下构成这部现存歌谣集的作品的主要内容。

通览《梁尘秘抄》的卷一和卷二，我们可以明了的是，这些歌谣大致可分为“宗教歌谣”和“世俗歌谣”两大类。

就宗教歌谣来说，又分为两种：与日本自古以来的神道相关的歌谣，以及与从 6 世纪以来就给日本政治和文化以深刻影响的佛教相关的歌谣。并且，日本宗教的特殊性在于，神道并不是与佛教对立的，而是从很早就显示出与佛教的思想体系互相融合和调和的倾向。所以，在歌谣中神佛合一的作品也非常多。

从整体来看，佛教歌谣可以说反映了对异国事物的关心，给人以鲜明印象的作品居多。这些神道和佛教的歌谣被大量收录，恐怕和后白河法皇自身极为虔诚的信仰心有着密切的关系。

他学习今样的自传、《梁尘秘抄》最后一卷中的口传集，是一部兴味盎然的记录文学作品。它记叙了这位从身为皇子的少年时代开始就为今样倾注了无限热情的与众不同的天皇，是如何在整整半个世纪的岁月里经历了严峻训练的。这部自传里面，记叙了他对身处社会最底层的年老女歌人深怀的敬慕，其程度甚至超过对身为皇太后的他自己的母亲；还常常可见有关他独特思想的记叙——一心不乱地歌唱今样并不断提高歌唱水平，就相当于全心全意地皈依神佛。

他这种思想的一个根据，就是基于这样一种考虑——无论是神道歌谣还是佛教歌谣，它们各自的宝贵教义，都被浓缩在短短的歌词里。因此诚心地歌唱歌谣，就等于不断念诵经文，发出祈祷。的确，看看在当时的日本最受尊敬的、充满了对极乐净土的描写的《法华经》吧。只是取材于这部经的歌谣作品就超过了 110 篇，因此我们可以想象，当时的人们在享受歌唱的同时，是多么笃信能够通过歌唱轮回转生到佛国去而衷心祈愿的啊！其中，还有些目不识丁的文盲。就是他们，也能够歌唱经文歌谣。可以说，通过编纂歌谣集这种行动，后白河天皇意在宣扬"学习歌谣和潜心向佛在根本上是一致的"思想，这种思想里，当然也有着一种独特的乐天主义。

这种想法，对考察日本艺术思想是极其重要的。特别是在从事音乐、舞蹈、演剧等演奏、舞台艺术，以及绘画、雕刻、陶艺等造型美术的艺术家中间，认为在艺术上的严谨精进就等同于对信仰不懈追求的人，即便是现代，也绝不在少数。说句象征性的话，与后白河法皇将人生和艺术的据点放在历经半个世纪的今样修习中一样，他们就是在同样思想的旗帜下，在现代兢兢业业地工作着。

四

听完了以上的叙述，再来看看下面我要引用的歌谣的歌词，或许还是会有不少人吃惊。我下面要介绍《梁尘秘抄》中最充满

活力的部分，即几首以世俗内容为主题的作品。它们多数都是咏唱男女之间爱欲的歌谣，其基本的思想态度，就是对肉体欲望的全面肯定。在那里，找不出一丝宗教束缚和阶级压迫的影子。从这一点上来说，因为它们比起以禁欲为重要原则的佛教，更加从根源上重视自然性，所以可以说，对于欲望持开放态度的神道的生活方式，在这些歌谣中得到了较明显的体现。歌谣的重要性也就在于此。这个特点，也被中世末期编纂的另外一部重要的歌谣

集——《闲吟集》原样继承了下来。

美女うち見れば
一本葛にもなりなばやとぞ思ふ
本より末まで縒られぱや
切るとも刻むとも
離れ難きはわが宿世

一见到美女呀
就想变成一根藤呀
从根到梢紧紧地缠上她呀
哪怕是斧砍还是刀切呀
都永世不分开呀

这首歌谣使用贴切的比喻，大胆地歌唱了痴迷于女人的男人的欲望，是一首著名的歌谣。在此，日本恋爱诗中富有特色的主题，也以典型性的鲜明色彩显现了出来。这就是，人们比什么都喜爱和赞美肌肤相亲的感觉并大胆地咏唱。这个男人每当看到自己心仪的美女时都会想，要是能

变成一根藤蔓该有多好啊。想变成蔓草,将对方从头到脚紧紧地缠绕起来。这样的话,就算是砍也好,切也好,蔓草都不会轻易从树上被扯下来。而以这种结合方式和那个美女一直紧紧相拥,这就是前世注定的我的宿命。

这样露骨的对肉欲的肯定和对现世欲望的赞美,是许多日本歌谣共同的特征。从这一点上来看,歌谣和贵族社会审美意识的最正统代表、以优雅为理想的和歌之间,很明显有着太多的不同。就是说,正统派的和歌无法公开咏唱的主题,歌谣却可以从容地歌唱。

造成这种差异的最大原因就是,敕撰和歌集规定了歌理想的形式。在天皇自身正式选择和编纂的名目下编纂的和歌集,不容置疑,它所要求的,都是优美、典雅和正式的,能在公开的华丽舞台上朗朗咏唱的作品。

但是,就是同一个人物,在拥有对外的、公开的面孔的同时,也有着对内的、私人的面孔,即放松的、开放的,甚至不掩饰情欲和卑下欲望的另一张面孔。这也是那个人物的真实面孔。可以说歌谣就是从各个角度映出人的多种侧面的镜子。

更进一步说,歌谣的作者和爱好者们不是限于和歌作者们所属的阶级，而是广泛地分布在日本社会的各个阶层，这也在很大程度上促进了歌谣这种开放特性的形成。

例如在下面这首歌谣里面，这种背景就表现得非常鲜明。

東より昨日来れば妻も持たず
この着たる紺の狩襖に女換へ給べ

昨自东国[①]来
女人无相随
愿将身上衣[②]
换来一夜妻

平安时代，日本的首都在京都。这首歌谣讲的是，农村男子从荒凉的东国来到无限向往的京都，一心想着赶快抱上女人，所以就来到蓄养着大量妓女的老鸨

① 现在的关东地区，位于京都东面，所以被称作“东国”。当时，相对于首都京都显得荒凉落后，被看成荒蛮之地。

② 此处的“身上衣”是“狩襖”，又称“狩衣”。原本是日本平安时代贵族男子的正式服装的简略形式，外出时常用。对一般老百姓来说，就是外出时的正式服装。

处和她交涉。很遗憾,农村男子没有足够的钱来买女人。于是他就将自己身上穿着的珍贵的外出服装交给对方,请求她能为自己找一个一夜欢娱的对象。

这个情景既滑稽,又非常真实地描述了当时风俗的一个片断。这应该是19世纪法国的亨利·德·图卢兹一洛特雷克[①]和奥诺雷·维克托林·杜米埃[②]等画家欣喜若狂地当作画题的情景。更加有趣的是,试着去想象到底谁才是这种歌谣的作者。

我认为这首歌谣的作者肯定是男人要买的那些妓女。她们一定是在暗地看到这个农村男子的认真,以及为了满足一夜的欲望,提出要拿宝贵的旅行服装作为交换的愚蠢行为而一起偷

---

① 亨利·德·图卢兹一洛特雷克(Henri de Toulouse－Lautrec,1864年～1901年),法国贵族、后印象派画家、近代海报设计与石版画艺术先驱,被人称作"蒙马特尔之魂"。他擅长人物画,对象多为巴黎蒙马特尔一带的舞者、女伶、妓女等中下阶层人物。其写实、深刻的绘画不但深具针砭现实的意涵,也影响了日后巴勃罗·毕加索等画家的人物画风格。

② 奥诺雷·维克托林·杜米埃(Honoré Daumier,1808年～1879年)是法国版画家、漫画家和雕塑家,他的许多作品为了解法国19世纪的社会和政治生活提供了参考。

笑了吧。同时,对于男子就算舍弃正装也要买自己的热情,她们也感到了一种骄傲,所以不会讨厌这个男子吧。如果把这些背景结合起来考虑的话,就会感到,这首短小的歌谣也有着它自己的魅力和趣味。

下面这首歌谣,也因为小西甚一教授推测作者是妓女而备受瞩目。我也同意他的观点。

遊びをせんとや生まれけむ
戯れせんとや生まれけん
遊ぶ子供の声聞けば
我が身さへこそ動がるれ

就是为了游戏而生的吧
就是为了玩乐而生的吧
听到嬉戏孩童的喧闹
连我的身子也不停颤抖

这首歌谣如果按照一般的读法来读的话,就是“大人看到嬉戏玩闹的儿童们,连自己都高兴起来,摇摆着身子”这样简单的意思吧。但是,这首作品中出现的“遊び(游戏)”和“戯れ(玩乐)”,在古代日本都是暗示男女性爱的词语。小西教授基于这个事实,揭示了这首歌谣的深层含义。

根据小西的说法,这首歌谣讲的是:“妓女看着嬉戏玩闹的女孩们,想到她们最终的命运,也是和自己一样沦落到卖身为娼的悲惨地步吧，这样想着，不禁悲从中来，身体颤抖不已。”

在当时的日本，饥荒、战争、天灾和其他灾难等等，威胁庶民生活的天灾人祸层出不穷。每当灾难袭来，都会有很多人流离失所，妻离子散，沦为流落街头的游民。所以，不得不把女儿卖到妓院的人间惨剧，每天都在上演。

五

可是，我们不能忘记的是，许多女性被这种悲剧性的命运无情捉弄的事实，与在歌谣、舞蹈和乐器演奏等领域涌现出很多杰出女性的事实，其实是表里一体的。说起来，她们就是以自己的肉体为资本来卖艺的职业艺术家。在她们当中，也有因为美貌和绝妙的技艺，从而得到了社会最上层的男性们的爱恋，然后通过结婚爬上了极高地位的例子。这种情况下，她们的性感魅力是最具有决定性的重要因素，因此她们所创作的、咏唱的歌谣富含性的话题，也是极其自然的事情。

对于男人来说，她们是令人非常愉悦的谈话对象，也是具备了关于男性的丰富阅历和知识的、有着独立精神的难以对付的恋爱对象。她们出于生计的需要，在交通往来频繁的干线道路，特别是贯穿京都的大河的各个港口，聚集在一起生活着，向三教九流的男人出卖自己的色相。

除此之外，还有许多名义上是在神社里做巫女，实际上也是以男人为对象做皮肉生意的女性。还有一些女性成为杂技艺人或其他卖艺人，在全国的城镇和乡村巡回表演。

向后白河天皇传授今样歌谣的，是一位名叫乙前的年老歌人，她就是这些女性中的一员。后白河天皇的后宫里光是有史可考的妃子就有 17 人之多，其中有 1 人就是妓女，还生了个皇子。

这样的例子，在别的天皇身上也曾发生过。比如说，亲自站在指导性的立场上编纂和歌史上最为璀璨的敕撰和歌集之一《新古今和歌集》的后鸟羽天皇，也同样将不少身份低微，但艺术天分很高的

女性纳入了自己的后宫。后鸟羽天皇本身就是一流的歌人，就是作为以和歌为中心的各种艺术的后援者，他也发挥了极大的作用。

六

在有限的时间里介绍《梁尘秘抄》的歌谣，真是一件勉为其难的事情。在此，我再给大家介绍2篇。

女の盛りなるは
十四五六歳二十三四とか
三十四五になりぬれば
紅葉の下葉に異ならず

女人的盛年
就是十四五六、二十三四
要是到了三十五六岁
就如同红叶下面的叶子
无人问津

这首歌谣十分露骨地表现了平安时代女性观的一种倾向。它说女人的盛年是从十四岁左右到二十三四岁，这也足以令现代的我们惊讶不已。并且，还有一个形象的比喻，就是“女人到了三十五六岁，就如同红叶下面的叶子”。秋天的红叶在日本人的审美意识里，是自然界中特别值得赞赏的美景之一。但就是那火焰燃烧般绚烂的红叶，如果被上面的叶子严严实实地遮住了的话，那也就只能嗟叹命运的无情而无可奈何了。这个比喻的巧妙之处在于，一方面它让人发笑，另一方面又极其正确地指出命运的残酷，给人以无限感慨。此外，猜测这首作品的作者是谁，也是一件有趣的事情。当然也可能是男性，但是我想这应该是一位已届中年的妓女，伴着深深的叹息而吐出的深沉感慨吧。

仏は常に在せども
現ならぬぞあはれなる
人の音せぬ暁に
仄かに夢に見え給ふ

佛祖虽常在
眼不见为尊
寂静未明时
恍惚梦里寻

与刚才所讲的几首歌谣不同，这是《梁尘秘抄》里的宗教歌谣。并且，这应该是宗教歌谣中最有名的作品。它之所以有名，是因为这首歌谣所营造的气氛，实际上并不是来自佛教的教义，而是宛如和歌中的精致作品一般优美、纤细，充盈着情绪上的美。这首歌谣与佛教歌谣那庄严的教

义完全无关，而是以美的情绪这种附属性得到了人们的喜爱。这虽然是个讽刺，但可以说是很有日本特色的现象。

一般认为，这首歌谣有两个要点：

第一，佛祖虽然每时每刻无处不在地守护着我们，但是他从来不会让我们看见他的样子。那才是最尊贵和庄严的。

第二，可是在人们静静熟睡的黎明时分，佛祖就在我们梦里模糊地现身，那又是多么地庄严啊。

所有都在神秘的大幕对面，幽微而朦胧。日本人正是在那里，发现了这首歌谣的宝贵价值。

就这首歌谣，我们也可以发问，在梦中恍惚间看到佛祖的人是谁呢？男女都有可能。我们也可以把这个人物想象成一位心无旁骛地诵了一夜经文后，迎来了拂晓的僧侣。这样的僧侣在黎明时分疲惫至极地迷糊了一阵。而正是在这个打盹的瞬间，平时绝对不会现身的佛祖，出现在了僧人睡意朦胧的眼前。如果我们把这首歌谣看作歌唱佛祖现身瞬间的作品，那么就会明白它为什么即使属于宗教歌谣，也能赢得人们的特殊好感。那就是，从传统和歌当中能够感受到的情绪，与佛教这种理应和俗世完全隔绝的精神世界，在这首歌谣里完美地融合在了一起。

七

《梁尘秘抄》的编纂时期，一般认为是日本中世的开始时期，即 12 世纪后半期。从那以后经过了大约 350 年，中世歌谣最末期的华彩乐章——又一部歌谣集出现了，这就是《闲吟集》。

《闲吟集》这部歌谣集的编纂者是谁？围绕这个问题有过许多推测，但至今还没有定论。但是我们可以容易地想象到：他是一位拥有多彩人生阅历的年长男性，有着丰富的恋爱经验的性情中人，是一位在和歌和连歌方面有着很深的造诣，并且在乐器演奏方面也非常擅长的艺术家。

《闲吟集》编纂的时代，从历史时期上来说，相当于室町时代末期。这个时代也是室町幕府日渐衰弱、诸国群雄割据、争夺天下霸权的时代，所以又称“战国时代”。

在长达 400 年的时间里贵族阶级掌握政权的平安时代，到了最后，由于平家及源氏两大武士势力的相继兴起而终结了。公元 1185 年，源氏的头领源赖朝，在关东的镰仓开创了镰仓幕府。镰仓幕府由源氏的后继者北条家继承，但是仅仅维持了约 150 年，历史就翻开了新的一页。

这就是，在激烈的战乱中胜出的将军足利尊氏，在京都一角的室町地方建立了新的幕府。那是 1336 年的事情。从那以后约 240 年间，一直到 1573 年室町幕府最后的将军被战国时代最大的英雄织田信长打倒，室町幕府前后一共出现了 15 位将军轮流执政。这个幕府作为一个真正安定的政权，不过是在它最初的 100 年左右。之后，它不断遭到来自各地的新兴武士势力的威胁。从这个意义上说，它就像一架一直保持危险的低空飞行，却不至于坠落的飞机一样。这种奇妙的政权，居然还持续了 100 年以上。

在这期间，发生了一场给社会各个方面都带来了重大影响的动乱。那就是从 1467 年到 1477 年的 11 年间，以京都为中心，全国各地诸侯的军队都卷入其中的大混乱——“应仁之乱”。

八

“应仁之乱”清楚地暴露了室町幕府已经完全失去了作为中央政府的力量。其影响远远超越了单纯的政治层面，遍及社会的各个角落。在社会的所有阶层中，原有的权威和权力的虚幻性都被暴露在光天化日之下。臣下杀害君主，儿子杀害父亲，为了生存下去，必须以暴制暴。这种思想，侵蚀着广大民众的心灵，伦理道德沦丧的时代来到了。当时的人们给它起了一个贴切的名称，把它叫做“下克上(以下犯上)”的时代。“下克上”，意味着低位之人夺取和取代高位之人的权力和地位。

“狂言”这种新兴的舞台艺术通过与“能乐”组合而迅速发展起来，也正是在这个时代。狂言的人物中最重要也最有人气的太郎冠者，正是代表这个时代的典型的演剧人物。太郎冠者经常作为仆人登场，但是他凭着机智、狡猾、大胆和乖巧骗过他的主人武士、富商或地主，轻轻松松地把他们珍爱的东西据为己有。他这样

的人物，给狂言的舞台注入了活力。

并不只是能乐和狂言。室町时代因为幕府衰弱，天皇也权威扫地，所以地方诸侯们的势力相对增强，一直以来的中央集权体制也不得不经历根本性的改变。

各地的名产以各地自己的方法来保存和培育。权力的地方分散意识开始生根发芽。各地独特的文化也逐渐发展。在整个古代、中世都最受轻视的阶层——商人，通过资本的积累，实质上已经远比自古以来的上流阶级——贵族和武士，以及农民、手工业者都要强势得多。其结果就是，他们在文化层面上也作为新的后援者，出现在舞台的前面。

我在此举一个例子。他就是在室町时代完善“茶道”的伟大茶师千利休。千利休出生于关西地方最热闹的渔港，也是贸易中心地的有名港口——大阪的堺市。他的父辈是富裕的鲜鱼批发商。他在从事家业的同时还专心于茶道，把茶室小型化，彻底追求闲寂和简素，将停留在趣味世界中的“茶汤”，升华到具有形而上意义的人生哲学——“茶道”的领域。

在这一点上，千利休与“能乐”的集大成者世阿弥有着相同的命运。早在室町时代初期就到达了艺术完美领域的“能乐”，其最初、最伟大的演员、剧作家和理论家就是世阿弥。他们二人既是创始者，同时又是最后的完成者。并且，二人都是开始时受到最高统治者的无比宠爱，最后又遭到统治者的猜疑和忌恨，或者被流放（世阿弥），或者被赐剖腹自杀（千利休）。

这两位在各自的领域中都达到顶峰的艺术家，晚年却都是悲惨凄凉的。他们二人的命运，在某种意义上，象征了室町时代这个乱世中人们的生和死的命运结局。

用一句话来概括的话，“不知明天的命运，这就是人生的现实”，是当时社会上广泛传播的流行语。从这句话里，当然也就涌现出了当时歌谣中被不断重复的主题，这就是对“人生无常”的彻悟。还有，就是这种彻悟的反面，即珍惜生命瞬间的、积极的现世享乐主义。

九

我们首先来介绍《闲吟集》中一首极为短小，但是又极具代表性的歌谣。

なにせうぞ
くすんで
一期は夢よ
ただ狂へ

怎么了啊
闷闷不乐的
人生不过一场梦哟
赶紧疯狂游戏吧

“怎么回事啊，闷闷不乐的，人生说到底不就是一场梦吗？只要尽情玩乐就好了”。

“狂ふ(狂)”这个词意义非常广泛，特别是和文学艺术联系起来时，它是一个重要的词语。它通常的意义是指人精神失常后的异常举动，此外还被用于形容忘我地陶醉于游乐的样子，以及就像被魔鬼附体了一样疯狂舞动的、近乎癫狂的状态。

也就是说，将其他所有的心事都抛到脑后，只是一心不乱地沉浸在感兴趣的某一件事情上，这就是“狂”的状态。当然，专注于诗歌和艺术的精神状态，也完全可以用这个词来形容。

刚才所引歌谣的“赶紧疯狂游戏吧”的召唤，也有着“狂”这个意义。这首歌谣从表面上来看，似乎是单纯地表达一种厌世观念，实际上歌唱这首歌谣的场所，大都在热闹的宴席上。“人生如梦”的无常观，立即转变成了“赶紧疯狂游戏”的享乐主义。如果换句话来说，就是追求现世欲望的物质主义。所以，《闲吟集》里虽然充斥着“无常观”的文学表现，但无论是对佛教的还是对神道的，总之对于“宗教”的关心是完全无法找到的。在这一点上，它与350年前的《梁尘秘抄》有着明显的不同。

这种差异，以一种对肉欲的无条件肯定和赞美的形式，非常鲜明地体现了出来。

十

われは讃岐の鶴羽の者
阿波の若衆に肌触れて
足好や　腹好や
鶴羽のことも思はぬ

俺是赞岐鹤羽人
如今和阿波的年轻人肌肤相亲
他的腿长得好，小肚子也棒
把俺乐得都忘了故乡

赞岐和阿波都是日本列岛西部的四国岛上的国名，相当于

现在的香川县和它南侧的德岛县。这个男子生在赞岐国的鹤羽，其职业不明。赞岐和阿波虽为相邻的两个小国，但是受地理条件所限，两地之间并不那么容易往来，这个男子也许是作为一名从事货船贸易的船夫而来到阿波

国的。

在阿波国，他和一个年轻男子相识并同床了。结果，他几乎把故乡鹤羽忘得一干二净，完全沉浸在“腿长得好，小肚子也棒”的肉体感觉的欢喜之中。在故乡鹤羽，他的妻子也许在苦苦地等待他回家。但是，至少是现在他完全沉醉在了阿波年轻男子的怀抱里。

“腿长得好，小肚子也棒”这种赤裸裸的形容，是敕撰和歌集的美学原则绝对不能允许的。而歌谣的有趣之处即在于此。这反映了歌谣的作者们及其欣赏者们的社会分布远远超出了正统派和歌的范围，从阶级上和职业上来说，都呈现出多种多样的状况。

对于现世欲望的无条件肯定，对肉体毫不掩饰的赞美，这种特征，贯穿了整部《闲吟集》。311 篇歌谣，全部都能或显或隐地看到这一显著特征。在这些歌谣中恋歌占了三分之二，最直接地体现了这个特征。即使是表面上吟咏自然的歌谣，实际上也可能是爱情歌谣。

我们可以换句话说，即对于人和人关系本身的兴趣，是《闲

吟集》作品的最重要主题。更进一步地说，不光是积极地肯定人的欲望及其表现，甚至在那里面找出“美”，才是这部16世纪初出现的歌谣集所肩负的时代使命(虽然有些出人意料)。也可以说，这就像是没有基督教信仰的文艺复兴时代的到来。

十一

我认为，在很大程度上促进这种现象产生并发展的，是刚才已经讲过的富裕商人阶层的出现。《闲吟集》编纂于16世纪。在这个时代，日本不仅和中国、朝鲜等近邻诸国，而且和葡萄牙、荷兰以及印度、菲律宾等开始有了频繁的贸易往来。“唐”、“天竺”、“南蛮”和“红毛”等词语，带着浓厚的异国趣味的发音，丰富了当时日本人的日常会话。

像堺市那样的港口城市，当然会密切留意着时刻变动的国内局势，但是，它更加敏锐地注视着的，是海外的动静。千利休这位刚毅、细腻、谋略过人的男子，是同时拥有新旧世界的充满魅力的人物。他在海外贸易的中心地堺市横空出世，的确是宣告商人时代这个新时代到来的象征性事件。

16 世纪关西地方的经济巨子们，无论是京都还是大阪、堺市，或者九州的博多和长崎，都霸气十足。他们非常清楚自己王在不断增长的财富实力，抱有“财富是正当的好东西”这种强烈的自信。

实际上，古代、中世的商人和中世末期、近世初期(16 世纪)商人的不同，就在于后者将自己的职业看作“善”，确信幸福不在“来世”，而就在“今世”。这种确信，成为使人们以崭新的眼光重新审视人类和自然，把人类在赤裸的状态上加以肯定的原动力。

当时来到日本的耶稣会属下的基督教传教士们，一方面对于日本商人的知性和能力抱有极大的敬意，另一方面又对他们对于“天国”的漠不关心和现世至上主义感到极端的困惑，这些情况从他们所写的信函中可以得知。的确如此，这样的人生观随着经济活动的急速发展和经济规模的不断扩张，已经在社会中深深地扎下了根。

《闲吟集》里出现的很多恋歌，都像刚才引用的那首一样，一方面说着人生无常，另一方面又劝人趁着现在享乐。这种倾向，明白地宣告了一个新时代的到来。

与贵族、武士和农民的人生观不同，一种非常积极地讴歌人生的激情，洋溢在《闲吟集》中。

《闲吟集》中的歌谣也与《梁尘秘抄》中的歌谣同样，既是作者又是歌者的，大部分都是穿梭于各色男人中的妓女。不可思议的是，她们的人生观居然和商人们的一脉相承。

也就是说，她们从不过分执著于某一件事，即使对于自己深爱着的人和物，也十分清楚终有一天会失去他(它)们，所以每时每刻都做好了和那人或物分别的心理准备。一边有着这样的彻悟，一边又积极地享受现在，快乐地生活。

比如，对于妓女来说的可爱男子，对于商人来说的财富。这些都是不知什么时候就会消失的好东西。可是，即使有一天他(它)们都离开了，也不能向任何人抱怨啊。

十二

这样，我们很自然地就能理解，最能代表一直动荡不安的室町时代的男人，很明显就是新兴的商人。然而，当我们想到《闲吟集》所咏唱的恋歌里的主人公，一边是新兴的商人，一边是虽不知明日命运如何却每天坚强地面对生活的妓女时，就会自然而然地理解，这部歌谣集里的恋歌所独有的轻快和虚无的明亮。

来看几首歌谣。

ただ　人には馴れまじものぢや
馴れての後に
離るる　るるるるるるが
大事ぢやるもの

只是不能和人太亲近了
一旦如胶似漆了
离别　别别别别别别啊
就太难过了啊

“离别”这个动词的词尾反复重叠，充分体现了要使歌谣整体的调子显得轻快的歌唱性特征。同时，在这些反复重叠里，也饱含着相爱之人在离别时难舍难分的痛苦心情。这种技法与歌谣的主题形成了巧

妙的呼应。从内容上来判断的话,歌唱这首歌谣的应该是位女性。她告诫自己不能对男人太投入。为什么呢?这是因为,一旦结成如胶似漆的关系,要分别的时候就太痛苦了。

也就是说,歌谣的作者是这样的女子——就算是爱得无法自拔,爱到天昏地暗,也必须要时刻铭记不久就要和男人分别。这样的女子,除了妓女以外,别无他人。

对妓女来说,全情投入一场恋爱是禁忌。可是,正是因为被这样的条件所束缚着,妓女们的爱情不但充满着悲伤,有时她们对爱情的态度还会是超出常人一倍的认真。并且,她们还会一边认真地爱着,一边必须不停地说:“不能太投入了啊。”

一夜馴れたが
名残り惜しさに出でて見たれば
沖中に

舟の早さよ
霧の深さよ

一夜亲热自难忘
晨起送别人断肠
海上轻舟飞似箭
朝雾深深空惆怅

这也是妓女的歌谣。她是港口的妓女。她的客人是南来北往的船只上的船夫和旅客。所以很多时候,一夜过后,男人就会离她而去。即便如此,当中也会出现虽是一夜夫妻,但也令她难以割舍的男人。这首歌谣,就是深情地咏唱了那位男子在蒙蒙朝雾中离去时,她忧郁空虚的心情。男人乘坐的船无视她的心情向远处划去,朝雾立即将船盖得严严实实。

来ぬも可なり
夢の間の露の身の
逢ふとも宵の稲妻

不来也好
我身不过梦间露
相逢不过深宵电

这也是女人的歌谣。她苦苦等待着男人的到来,可是男人好像今夜不会出现了。她喃喃自语道:“不来也好。反正我就像在转瞬即逝的梦和梦之间凝结的露水一样，无常而脆弱。就算能和那个人相见，那也不过是深夜里一闪即逝的闪电吧。”

我开始就说过，这些歌谣的基调在于一种“明亮的虚无”。这首歌谣里一闪即逝的深夜闪电，象征性地表现了那种短暂相逢的明亮和无常。总之，女子悄声低语了：“不来也好。”

十三

以上，我只介绍了《闲吟集》歌谣的极少部分。可是，当我注视这些歌谣时，一个念头却在我脑中反复涌现。那就是，至少在中世日本的歌谣当中，比起男人，女人在生活态度上的坚强和果敢，给我留下了极其深刻的印象。因为她们如果不坚强、果敢地生活，她们就不能生存下去。

甘愿以自己的人格来交换，作为男人的附属品而享受安定和安乐的生活——这种生活方式，基本上不会在《闲吟集》中出现的女性身上看到。女性们都作为一种自律性的存在而登场，她们没有必要装成弱者去向男人们献媚。

但是，她们之所以能成为这样坚强的人，反过来说，正是因为她们都是在贫穷困苦的深渊里挣扎着。她们不仅在《闲吟集》里，就是在《梁尘秘抄》中，也成为富有魅力的女主人公，也是因为她们是仅仅依靠自己的身体而开辟出生活道路的一群人。

同时，她们在多数场合也是这些充满魅力的歌谣的作者或者表演者，从这点上来说，她们都是优秀的艺术家，完全不是单纯出卖色相的妓女。

当然，歌谣的作者里也有男人。可是，女性在歌谣史上所发挥的作用之大，是怎么强调都不过分的。

我继1994年在法兰西学院(College de France)讲授了日本古典诗歌的四个讲座之后，作为最终总结，今年举办了关于歌谣的讲座。去年在《奈良·平安时代的一流女性歌人们》的讲座中，我所说的“和歌从原理上来看，是没有女性就不能存在的诗”，就是放在歌谣上也完全符合。歌谣也是“没有女性就不能存在的诗”。并且，将和歌中因为其优美的传统而必须否定的性的要素、与生活密切相关的世俗要素都统统唤起，并把它们都包括在练达的智慧、人性观察和微笑之中，然后传递到我们所在的世纪的，正是中世的歌谣。

后 记

《日本的诗歌——其骨骼和肌肤》，是以我在位于巴黎的高等教育机构——法兰西学院举办的连续讲座(包括 1994 年 10 月的 4 次和 1995 年 10 月的 1 次)的讲义稿为基础编集成的书。讲义原稿是用日语写的，讲课时是借助多米尼克·帕尔梅(音)先生译成的法语稿进行讲授的。1994 年度是每周一次，周四下午 5 点到 7 点的 2 个小时，在 6 号大教室进行。帕尔梅先生的译稿实在是太优秀了，读起来朗朗上口、明晰流畅，虽说原文是我自己写的，但我始终抑制不住对那完美译文的敬佩和感叹之情。

若说到细节，那就是最后一次讲座、第五章《日本的中世歌谣》的问题。该书收录的我的原文太长，若将它一字不落地原样翻成法语的话，必定要超出 2 节课的讲座时间。所以，就事先请帕尔梅先生在翻译时省略了若干部分。法语译文因此变得简短了一些，但是和我的原文相比，并没有什么本质上的区别。

与该书在日本的出版同时，帕尔梅先生的法语译本也作为法兰西学院的书刊在巴黎出版了，这令我感到非常欣喜。2年前由伊芙·玛丽安(Yves－Marie Allious)教授翻译、菲利普·皮基耶(Philippe Picquier)书店刊行的《四季之歌》[①]的选译本，最近也在改版的基础上又再版了。如果能将两者放在一起读的话，就能使法国的读者对日本诗歌的本质和现象两方面进行更加深入的了解——这也是我多年来的夙愿。

能够遇上这两位天才的译者，只能说是我的幸运。因为一般来说，诗歌，特别是短歌和俳句，一旦被翻译成外语，就失去了原来的韵味而削弱其艺术效果——这种例子绝不在少数。

这里我要稍微提一下法兰西学院(Collège de France)。因为在日本完全没有与之类似的学校，所以我愿将我那一知半解的知识提供给读者们作为参考。

法语中的“学院(Collège)”应该是相当于英语的“college”(高等教育机关，专科大学)，但是仅就法兰西学院来说，几乎与现在的college没有任何相似之处。

法兰西学院是法国教育部直属的高等教育机构，原本是创

---

① 《四季之歌》(《折々のうた》)，是大冈信从1979年1月25日到2007年3月31日在《朝日新闻》头版连载的专栏，也指同名系列丛书。每天从短歌、俳句、汉诗、川柳(以讽刺、诙谐为特色的17字短诗)、歌谣和近现代诗中选取一首进行解说。为大冈信的代表著作之一。

建于1530年的寄宿学校。创立者是弗朗索瓦一世(François)。其创立的初衷在于,与被中世纪以来的经院哲学所束缚的巴黎大学神学院相对抗,建立以人文主义思想为基础的、教授古典语言希伯来语、希腊语和数学的三个学科。希伯来语和希腊语的研究,必然就意味着对《圣经》追根溯源,对于将拉丁语奉为神明的巴黎大学神学院来说,法兰西学院就是不共戴天的死对头。据说其最初的教授之一,就是那位著名的弗朗西斯·拉伯雷①;又听说原定请他来担任教职的计划又夭折了等等。当然,拉伯雷就是当时代表性的人文主义者。

现在,学院的学科涵盖了所有的科学领域,大体可以分为三大类:数学、物理学、自然科学部门,哲学、社会科学部门,以及历史学、语言学和考古学部门。专任教授全部都是由国家元首直接任命的,他们能在讲坛上自由教授自己擅长的学科——当然,他们被任命为教授的原因也在于此。

---

① 弗朗西斯·拉伯雷(Francois Rabelais 1493—1553),文艺复兴时期法国杰出的人文主义学者、作家和教育思想家。著有长篇巨作《巨人传》。

20世纪初，亨利·柏格森[①]及保尔·瓦莱里[②]连续举行了数年以讲授各自的代表作而闻名的讲座。最近，文化人类学领域的克洛德·列维－施特劳斯[③]、哲学领域的米歇尔·福柯[④]、罗兰·巴特[⑤]以及诗人伊夫·博纳富瓦[⑥]等当代具有最高智慧的代表性学者，都纷纷举办了各具特色的连续讲座。而日本学

---

① 亨利·柏格森(Henri Bergson,1859－1941)，法国哲学家，文笔优美，思想富于吸引力，曾获1927年诺贝尔文学奖。代表作《创造进化论》。

② 保尔·瓦莱里(Ambroise－Paul－Toussaint－Jules Valéry,1871－1945)，法国著名文学家，象征主义诗人。被誉为"20世纪法国最有名的诗人"。他的诗歌往往以象征的意境表达生与死、灵与肉、永恒与变幻等哲理的主题。代表作有长诗《年轻的命运女神》(1917)和《海滨墓园》(1920)等。

③ 克洛德·列维－施特劳斯(Claude Lévi－Strauss,1908－2009)，法国杰出的人类学家、结构主义人文学术思潮的主要创始人。在法兰西学院开设社会人类学讲座直至1948年，代表作为《忧郁的热带》和《结构人类学》。

④ 米歇尔·福柯(Michel Foucault,1926－1984)，法国哲学家和"思想系统的历史学家"。

⑤ 罗兰·巴特(Roland Barthes,1915－1980)，法国文学批评家、文学家、社会学家、哲学家和符号学家。其许多著作对于后现代主义思想发展有很大影响，其影响包括结构主义、符号学、存在主义、马克思主义与后结构主义。1980年2月25日，当他从密特朗主办的一场宴会离开返家时，于巴黎的街道上被车撞伤，一个月后伤重不治，逝世于3月26日，享年64岁。

⑥ 伊夫·博纳富瓦(Yves Bonnefoy,1923－)，法国诗人。是文艺复兴以来继瓦莱里之后第二位在法兰西学院讲授诗歌的诗人。

和日本佛学的权威伯纳德·弗兰克教授[①]在当今法兰西学院讲师的阵营中占有一席，也早就为人所知。

我有一次和弗兰克先生一起在校内散步时，遇见了一位身材不高、面容和蔼、颇具学者风范的老绅士。经弗兰克教授介绍，得知那位老人就是著名的列维－施特劳斯名誉教授，说是有点事要到学院的研究所去。苍郁的学问大森林，突然化作了一张爽朗温和的面孔出现在眼前。那真是始料未及的事情，我不由得大吃了一惊。

还有一天，我们一起走下学院正面的石阶。一来到大马路上，弗兰克先生就带着沉痛的表情用手指着眼前说："罗兰·巴特先生就是在这儿被出租车撞倒的。"巴特先生当时也许正沉浸在思考之中吧，所以才会在横穿马路时被疾驰而来的出租车撞倒了。弗兰克先生告诉我，事故发生后警察通过查验身份证得知他是法兰西学院的教授，所以就赶来调查，惊动了整个学院。

法兰西学院的最大特征之一，就是全部讲座都是免费向社会开放的，因此也就没有考试，更不会颁发毕业证书。我认为作为教育机构来说，这是一种理想的教育形式。当然，那些需要毕业证书的人们，就不大可能和她有什么关连了。

我就是去了这样的一个地方举办讲座的。当然，被从世界

---

① 伯纳德·弗兰克(Bernard Frank，1927－1996)，日本学和日本佛教学研究的大家。著有《免灾符上的日本佛教》、《日本佛教曼陀罗》、《风流和鬼》等。

各国邀请来此做讲座的，都是来自各个专门领域的人们。既有自然科学的学者，也有语言学者，基本上都是在各自领域中的杰出代表。不过偶尔也会有像我这样并非专家的人混进来。当然，就算是我，也就日本古典诗歌举办了总计 5 次的讲座，所以也勉强能算是个最末等的专家了吧。

但是，负责邀请我来学院做讲座的伯纳德 · 弗兰克教授，当时就是把我作为一个诗人、并且在日本古典和歌方面造诣颇深的人来邀请的，所以对于我来说，心情上就轻松多了。因此，在撰写讲义的草稿、也就是该书时，我也能够以非常自由的心情来面对，这实在是太棒了。就是从这个意义上来说，我也要向给予我这个宝贵机会的法兰西学院，特别是弗兰克教授，奉上我深深的谢意。

据我所知，外来的学者在学院举办讲座时，至少有两种讲座的方法。一种是像我去年那样，每周一次连续讲 1 个月共 4 次。还有一种就是像我今年这样，只讲 1 次。

连续 4 次举办讲座的人屈指可数。我一直听说需要自荐、他荐等手续，非常困难。的确，连续 4 次讲座对一个学者来说，是巨大的荣誉——在一个月的逗留期间里，我深深地体会到了这一点。我是在事先毫不知情的情况下就去了，而当 4 次讲座结束时，却又意外地接到了弗兰克先生的再次邀请："明年再来讲一次怎么样？"我不禁欣然应允："如果能再讲一次的话，那真是太好了。"于是就有了第二年的本系列最后一次讲座——《日本的中世歌谣》。我就是这样得到了这个十分难得的宝贵机会。

后来我才听说，在前一年获得 4 次讲座机会已经是优厚待遇了，而第二年还能再受到邀请，那基本上是史无前例的。

对我来说这当然是个殊荣，不仅如此，我认为这是日本的诗歌本身理应得到的荣誉。弗兰克教授最先认识到了这个问题。我想，日本的古典诗歌，如果能够用适当的方法进行介绍和解说的话，她就会有足够抓住法国听众心灵的魅力。

我所说的“适当的方法”，首先第一点就是要尽力去抓住日本诗歌的本质，绝不把她当作一个特殊的事物来对待。因此我自身的叙述也尽可能地做到简洁明晰，并且讲稿也是使用足以引起对方的兴趣和好奇心的手法来写作的。

将日本的文学、艺术、艺道以及风俗习惯等所有领域都在根本上加以制约的，不是别的，正是和歌。因此，在准备这个讲座时，作为一个需要不断回归的出发点，我时常铭刻在心的就是，要尽量举出具体的例子，通俗易懂地说明和歌为何具有这种不可思议的力量。

在第一次讲座中，我并没有讲和歌而是论述了汉诗伟大的代表诗人菅原道真，其原因正在于此。我认为，菅原道真作为一个诗人，以其充满悲剧色彩的一生，在其身后长达 1000 多年的时间里，成了与日本文明·文化全体对立的、可怕的反命题本身。说起来，将他的业绩和生平放在最初讲述，就意味着我有意识地从一开始就把其后的全部讲座都逼到了一个非常困难的境地。

道真的诗愈是伟大，脱离了他开创的道路、渐行渐远的和歌的去向，不就愈发显得形迹可疑吗？

我觉得，这个疑问毋庸置疑，是关乎日本诗歌命运的根本性的疑问。在第二章里，我就纪贯之和敕撰和歌集的本质进行了论述；在第四章里，我探讨了写景和歌这种日本独特的诗歌形式，并探讨了日本诗歌为何极端缺乏自我主张的要素的原因。之所以要研究这些，都是因为在我的脑子里，总是对立地横亘着上面的疑问之故。

然后，在第三章和第五章里讲了女性歌人在日本诗歌史上举足轻重的决定性作用。这也同样是为了从另外一个侧面来关照这个问题，或是试图来回答这个问题。

我在准备这些讲义时，一直意识到听众们都是喜欢评论的、始终贯彻合理主义思考的法国人。但是作为结果，这样的授课到底是有怎样的效果呢，则不得而知。

我的听众们都对日本的古典诗歌一无所知，他们一旦对讲座不感兴趣，就会立即离我而去。因此，简单地说，我就是抱着拼命留住听众的打算来进行讲述的。

实际上，就是在日本，也不太会有认真地与古代和中世的诗歌作品和作者们打交道的奇特的听众们吧。想到这一点，去年最后一次讲座时的盛况就令我无比感动——全场座无虚席，有几人还一直坚持站着听完两小时，之后还有许多听众热心地提问和发表感想。那只能说是幸运。究其原因，大概就在于听众们对于我刚才的讲述抱有极大的兴趣吧。只是听听日本人说的蹩脚法语就感到难以忍受的听众，应该是大有人在。可是在整个连续讲座的过程中,都不曾出现一个中途退场的人。这就足以证明,只要能够采取一个适当的方法来讲,无论和歌还是俳句,外国人应该还是能理解的吧。

然后,我还想悄悄加上一句。不用说,这本书首先想请日本的人们读一读。

这篇文章作为"后记",的确是太长了。但请大家考虑到本书与一般书籍不同的成书过程,还望海涵。

虽说放在卷末实在是失礼之至,但不得不提的是,在本书写作的过程中,曾经承蒙无数先学的厚恩。其中,特别要向以下诸著作奉上衷心的感谢。

川口久雄校注《菅家文草 菅家后集》(岩波版《日本古典文学大系》,1966 年)

角田文卫《日本的后宫》(学灯社,1973 年)

小西甚一《梁尘秘抄考》(三省堂,1941 年)

著　者

1995 年 8 月

岩波现代文库版后记

《日本的诗歌》,是我于 1994 年 10 月和 1995 年 10 月先后 5 次在巴黎的法兰西学院举办讲座的讲稿原文。讲座是以优秀的翻译者多米尼克·帕尔梅先生翻译过来的法语讲稿进行讲述的。教室每次都座无虚席,这使我感到无上的光荣。

那几次讲座的内容就构成了这本书。虽然本书的全部文章就是讲义本身,可在此,容我再絮叨几句。这也是为了纪念促成我在法兰西学院举办讲座、始终对我极其关注的伯纳德·弗兰克教授——他因为脑瘤,不幸于 1996 年 10 月 15 日在塞纳河畔纳伊的家里去世了。当时的日本报纸是这样报道的:

“法国日本学的权威,特别精于佛教思想的研究。法兰西学院教授。法国学士院会员、日本学士院客座教授。生于巴黎。在巴黎大学毕业后,历任东京的日法会馆研究员及馆长,为日法间的文化交流做出了巨大的贡献。”

他在巴黎的法国国立吉美东洋美术馆的仓库里，发现了被认为是在明治初期失踪的法隆寺金堂阿弥陀如来像的右协侍佛‘势至菩萨立像’，并于1994年将它送回故里。他除了《日本佛教曼陀罗》等代表作之外，还将《楢山节考》等日本著作翻译成法语。夫人是画家淳子。”(《朝日新闻》巴黎分社)

除此之外，《读卖新闻》也刊登了巴黎分社鹤源彻也记者的报道：

“法国日本学研究的创始人。从1972年至1974年的2年间，担任东京日法会馆馆长。回国后，在巴黎第七大学教授日本学，从1980年开始在权威性的高等教育机构——法兰西学院担任日本学的讲座。从1982年至1984年任日法贤人会议委员。主要著作有《法国东洋学五十年和日本学》(1973年)。1986年，被授予二等功勋瑞宝奖章。”

弗兰克教授对周围的研究者非常宽厚，使得他身边经常聚集了许多倾慕他的学问和人品的追随者。弗兰克为数不多的兴趣之一，就是收集日本神社佛阁的免灾符。我听说他的收藏已经颇具规模。就是在和我的谈话当中，关于收集免灾符的话题也会时常提及，可关键是我这个听众对那些一无所知，所以弗兰克教授也会感到有些意兴阑珊吧。

在法兰西学院的研究所里，司书松崎硕子女士长期担任了弗兰克教授秘书的角色，深得教授信任。就是那位松崎女士，在弗兰克教授去世后写了一篇很长的文章——《追忆伯纳德·弗兰克教授》，刊登在《日法图书馆情报研究》第 23 期（1997 年）上。

这篇文章偶然被日本的报纸《中外日报》1998 年 2 月 5 日号全文转载，我也因此得以收藏。报道的大标题有“对图书馆的深切关心”、“阳光照在司书身上”、“治学严谨而幽默”等，从松崎女士自己独有的立场从不同侧面介绍了弗兰克教授。

那篇文章开头部分的一节，详细地再现了弗兰克教授发病的瞬间。

“1995 年 11 月的一天中午，突然间电话铃响了。那是 11 月的巴黎常见的、非常灰暗而阴郁的日子。从电话的那头，传来了僵硬颤抖的声音。‘我突然不能写字了！’弗兰克先生当时的声音，是我从未听见过的、沉重、暗哑而可怕的声音。”

弗兰克教授在一瞬间被脑瘤的发作袭击，以至于手不能握笔了。

“从那以后大概有 11 个月左右的时间，先生都在顽强地和疾病作斗争。我从心底里坚信先生肯定能够康复，能够一点点地恢复研究。之所以那么坚信，也许是因为我一直这么祈祷来着。”

可是，人们的祈祷并没有带来奇迹，弗兰克先生不久还是去世了。

这么一想，我不由地感到能够顺利地完成 5 次讲座，就是弗兰克先生赠给我的最后的珍贵礼物。之所以这么说，也是因为在法国出版的本书的法语版正是在 1995 年 9 月印刷完毕的，书的扉页上附有署名为“B. F”的兼有内容简介的推荐文章。所谓B. F,不是别人,正是伯纳德·弗兰克先生。法语版印刷的时间是1995年9月,如果从刚才松崎硕子女士的文章中所得知的弗兰克先生的发病时间来看,那仅仅是先生倒下之前2个月的事情。所以,我写道:“(这是)从弗兰克先生那里得到的最后的珍贵礼物。”

本书首先是由讲谈社出版了单行本。这次又由岩波书店作为现代文库系列中的一册刊行了。内容基本上保持原样,只在很少的几个地方进行了语句上的修正。

因为考虑到听众是法国人,所以从一开始我就注意保持行文的简洁明了。我平时也都会这样,而这次则特别注意做到了这一点。所以就这点来说,我很有自信,本书是我迄今为止所写的书中最为流畅明快的一本。对于日本的读者来说,这也是和以前大家接触过的古典诗歌论有着几分不同的独特的诗歌论。特别是从开始就论述以菅原道真为代表的汉诗,以及拿出很大篇幅来讲述在日本诗歌中占极大比重的写景和歌的问题,又或是将我认为在日本诗歌中非常重要的歌谣放在最后一章详述等等,虽然每一章分量都不是很大,但都是将我从年轻时就一直试想“如果这么考虑怎么样”的问题积累起来而写成的浅论集。如能承蒙大家喜爱,我将不胜荣幸。